ベリーズ文庫

婚約破棄するはずが、極上CEOの赤ちゃんを身ごもりました

若菜モモ

JN019395

STARTS
スターツ出版株式会社

目次

婚約破棄するはずが、極上CEOの赤ちゃんを身ごもりました

婚約破棄するはずが、
極上CEOの赤ちゃんを身ごもりました

プロローグ

吐く息が真っ白だ。

私、水野《みずの》一葉《かずは》は足もとから冷えてくる寒さに、ぶるっと身を震わせる。カーキ色のチェスターコートにジーンズとスニーカー。マスタード色のマフラーはしているが、手袋を日本から持ってくるのを忘れた。

あまりの冷たさに顔の前で手をこすり合わせて「はぁ〜」と息を吹きかけるが、暖は取れない。

今、私がいる場所はイタリア北部にあるミラノ。

羽田《はねだ》空港を真夜中に出発してドバイを経由したのち、十三時過ぎにミラノ・マルペンサ国際空港に到着した。

空港からシャトルバスに乗り、ミラノ中央駅前広場近くで降りて、先ほどホテルにチェックインをしてキャリーケースを預けてきたところだ。

すでに時刻は十六時近く。日本で調べたとき、十二月中旬のミラノの日没は十六時四十分あたりだったと記憶している。日があるのはあと四十分ほどだ。

イタリア語でドゥオモと呼ばれる有名な大聖堂や、その前の広場に設置された大きなクリスマスツリー、そのほかの美しい建造物をゆっくり見たい気持ちにはなれないほど、今の私は緊張感に襲われていた。

それは初めて訪れた土地のせいではなく、これから婚約者に会うせい。

早く亜嵐《アラン》さんの会社を探さなきゃ。

彼は世界的に有名な最高級家具の製造・販売をしている会社『フォンターナ・モビーレ』の日本支社長だ。

イタリアファッションやデザインの中心地、ミラノに本社を置き、世界各地に支社を持つ企業である。

緊張と寒さで震える手でコートのポケットからスマホを取り出す。彼の会社の所在地を目標に、画面に映し出される方向へ歩を進めた。

本社は五階建てで一階に店舗を構えており、街に溶け込むような石造りのどっしりとした建物だった。

周りの店舗から比べたらかなり大きいが、家具などを作る工場は別の町にあると以前亜嵐さんが話していたのを思い出す。

このような状況でなければ、亜嵐さんに会ううれしさで心臓が高鳴っていただろう。

だけど今は、ここへ来た理由を話さなければならないという憂鬱さに押しつぶされそうで、胸は嫌な感じにバクバクしている。

スマホの地図アプリは彼のいるところへしっかりと導いてくれた。

微《かす》かに震える足でガラスの扉を進み、三つ揃《ぞろ》いのスーツを決めた男性店員へ近づく。

「ボンジョルノ、シニョリーナ」

にこやかに〝こんにちは。お嬢さん〟とイタリア語で挨拶《あいさつ》をされて、思わず一歩後ずさりする。

亜嵐さんに会うためにはるばる東京《とうきょう》からやって来たのに、彼にあと数分で対面すると思うと怖くなった。

ミラノへ来ることは知らせていないが、彼の会社で働く妹の花音《カノン》さんにスケジュールは確認済みだ。

私はキュッと下唇を噛んで、気持ちを強く持って口を開いた。

「こんにちは。アラン・イジュウインに会いたいのですが」

片言のイタリア語で彼に面会させてくれと頼む。

イタリア人と日本人のクウォーターの彼は、こちらでは伊集院《いじゅういん》ではなく創始者の姓〝フォンターナ〟と名乗っているかもしれない。

「アラン・フォンターナCEOに？」

男性店員は驚いた顔になった。

やっぱりこちらではフォンターナらしい。それより今、CEOって言った？　亜嵐さんは日本支社長じゃ……。

「はい。カズハ・ミズノが、会いにきたと、伝えてください」

約三年間習ったイタリア語だが、スラスラ話せるまでにはいかなかった。

「わかりました、確認してみます。お待ちください」

私が必死の形相なのが伝わったからか、すぐに確認してくれるみたいだ。男性店員は店の奥に引っ込んだ。

椅子ひとつとっても百万円クラスの物が展示されている店内では、いかにもセレブ風の毛皮のコートに身を包んだ女性客がほかの男性店員と話をしている。

私は店の隅で、所在なげに先ほどの男性店員が戻ってくるのを待った。

どのくらい経っただろうか。実際はそれほど待ってはいないのかもしれないが、長く感じる。

ドク、ドク……ドク、ドク……鼓動がこれ以上ないほど大きく打っていた。

そのとき――。

「一葉?」

奥から現れたのは、体躯のいい外国人にも引けを取らないほどの高身長の亜嵐さんだった。

いつもは涼しげな目を、大きく見開き驚いている。次の瞬間、亜嵐さんは大きく手を広げて近づいてくる。

最後に会ったのはふた月ほど前。

亜嵐さんはいつもの通り、誰もが振り返るような色気をまとっている。

抱きしめられる前に、私は二歩後退した。その様子を見た彼の形のいい眉が片方上がる。

「突然ごめんなさい」

「そんなのはいい。どうしたんだ? ひとりで来たのか?」

溺れたみたいに苦しくなった肺に空気を入れたのち、彼を見つめる。

「亜嵐さん……婚約解消してください」

コートの中に隠すように入れていたショルダーバッグからエンゲージリングの入った小さな箱を取り出して、あぜんとなる彼の手にそれを握らせた。

一、祖母たちの思惑

「おばあちゃん、おしゃれさせてどこへ行くの？」

大学の夏休みに入った七月下旬。

祖母に付き合って出かけることになり、駅に向かっている。

祖母は草花模様の入った紺色の紗《しゃ》の着物姿に日傘。

私は半袖の生成りのワンピースを着ており、スカート部分はティアードになっている。白のミュールサンダルで、いつもはしないメイクを薄くしている。

汗で取れちゃいそうだけど……。

すでに額から滴《しずく》が流れ落ちてきている。真夏の暑さで汗を絶対にかくだろうと、ブラウンの髪をうしろでひとつに結んだのだが、祖母に『それではかわいくないからはずしなさい』と言われてほどいた。

もうっ、孫にかわいくないって。けっこう毒舌なんだから。

祖母は扇子でパタパタと扇いで電車が来るのを待っている。そんな祖母を尻目に、ハンカチで汗を拭う。

片手には父が朝打った蕎麦や和菓子の菓子折りを持っている。

うちは東京の神楽坂《かぐらざか》で祖父の代から続く蕎麦屋だ。祖母と祖父は神田《かんだ》生まれの生粋《きっすい》の江戸《えど》っ子で、幼なじみだったふたりは結婚して神楽坂に店を持った。

創業以来ふたりで店を切り盛りしていたが、祖父は四年前に亡くなり、今は父と母が店を継ぎ、祖母がたまに手伝っている。

「素敵なお宅に行くんだからおしゃれをしなくてはね」

「その素敵なお宅に誰を尋ねるのかがわからないんだけど……」

電車がやって来て乗り込むと、冷房の風が顔にスーッとあたってホッと息を吐いた。

空いていた座席に並んで座ったところで祖母が口を開く。

「五歳年上の和歌子《わかこ》ちゃんというの。昔は近所に住んでいて、いつも一緒だったんだよ。そうねぇ、十八歳くらいまでだったか。お父さんの仕事の都合でイタリアへ行ってしまってね」

祖母は昔を懐かしむように話し始めた。

イタリアへ行った和歌子さんは、向こうでイタリア人の男性と恋に落ちて結婚したという。

祖母たちはときどき葉書や手紙でやり取りをしていた。それは私も知っている。郵便ポストに素敵な景色の絵葉書が入っているのを何度も目にしていたから。

その和歌子さんは息子をひとり産み、三人の孫に恵まれたという。長い間、イタリアのフェラーラという街に住み、年を取ったので日本が懐かしくなって、一年の何カ月かは日本で過ごす生活を始めたという。

祖母たちは十年間会っていなかったが、固く結ばれた友情は変わらず、今回会いにいくという。

「六本木《ろっぽんぎ》なんて一度も行ったことがないから、一葉がついてきてくれて助かるよ」

和歌子さんは六本木の高級ホテルの隣にあるレジデンスに住んでいるらしい。

「私だって六本木へは数回しか行ったことがないわ。でもおばあちゃんが迷子になったら困るのは確かね」

向かうところが六本木だから、おしゃれな服を着なさいと言ったのね。

大学生の私にとって六本木は大人の街。友達と映画を観に数度行ったとき、洗練された素敵な人をたくさん見かけた。

それにしても、高級ホテル自体にも足を踏み入れたことがないので、ちゃんと祖母を案内できるか不安ではある。

祖母は和歌子さんから聞いた六本木駅の出口からの行き方をメモに控えていたので、

すぐにレジデンスのエントランスに入ることができた。

ドアマンがいて、コンシェルジュデスクもある。

「おばあちゃん、何号室？」

ガラスの扉で仕切られている手前にあるパネルを前に祖母に尋ねると、メモ帳をバッグから出して私に差し出す。

「え？　四十五階？」

目指す部屋は四十五階建ての最上階だった。

困惑気味に部屋番号を入力すると、明るい声が聞こえてきた。

《政美《まさみ》ちゃん！　いらっしゃい！　どうぞ上がってらして》

祖母の大親友はセレブのようだ。

ガラスの扉が開き祖母が歩を進め、私も後に続く。

ロビーには豪華なシャンデリアやくつろぐスペースなどもある。コンシェルジュの前を通り、エレベーターホールでやって来たエレベーターに乗り込んだ。

「すごいマンションだねぇ」

高速でどんどん上昇していく箱の中で、祖母はちょっと不安そうだ。こんなに高いところへ来た経験はないのだろう。

「エレベーターもあっという間だね」

その言葉の通り、エレベーターはすぐにポーンと音で到着を知らせた。

床がグレーでドアが黒のスタイリッシュなインテリアだ。

いくつかあるドアを通り過ぎたところで、玄関が開いてラベンダー色のワンピースを身につけた女性が顔を出した。

「政美ちゃん！」

綺麗な白髪をシニヨンにしている女性は、少女のように手を振る。

「和歌子ちゃん！」

草履の足で小走りになる祖母は、和歌子さんのもとへ行き抱き合う。

祖母のこんなに楽しそうな様子を見るのは初めてかもしれない。

後からついていき、ひとしきり再会を喜び合う祖母たちを待った。

「本当に会えるなんてうれしいわ。外は暑かったでしょう。どうぞどうぞ、お孫さんの一葉ちゃんね」

祖母を招き入れながら、和歌子さんは私に笑みを向けた。

「あ、はい。はじめまして。一葉です」

「政美ちゃん、綺麗なお嬢さんね」

褒められた祖母はまんざらでもない顔になる。

「あの、私はここで。おばあちゃん、積もり積もった話があるでしょう？　どこかで時間をつぶしているから、終わったら連絡して」

持っていた手土産を祖母に渡そうとした。

すると、和歌子さんが驚いた声を出す。

「まあ、邪魔じゃないわよ。ひとりで時間をつぶすなんてとんでもない。一葉ちゃんとお話しできるのを楽しみにしていたのよ。私たちの話で退屈になったら映画でもどうかしら？　ブルーレイがたくさんあるのよ。どうぞ。お入りになって」

和歌子さんは私を促し、うしろに回ってドアを閉めた。

祖母たちの話が進んで邪魔になったら、買い物を理由に外に出ればいいか。

スリッパに履き替え、廊下を進んだ先は、三十畳以上はありそうな和モダンのインテリアが素敵な空間だった。

六人掛けの黒っぽい一枚板のテーブルセット、階段のようにだんだんになっているチェスト。その上には生け花が飾られている。

部屋の半分ほどに、着物の帯のような和のパーティションがあって仕切られていた。

「和歌子ちゃんらしい、素晴らしい、素敵なお部屋だねぇ～」

祖母が褒めると、和歌子さんは「孫がやってくれたのよ」と言って笑顔になる。

お孫さんかぁ。素敵なセンスの持ち主なんだろうな。

私は頭の中で美しい女性を想像した。

一枚板のテーブルには三人分のプレースマット、その上にカトラリーが置かれている。

「お昼の時間にお呼びしたのは、私の手料理を食べていただきたかったからなのよ。一葉ちゃんは、イタリア料理はお好きかしら？」

「はい。イタリア料理といってもわかるのはピザやパスタくらいなんですが」

「正直でかわいいわ。私もイタリアへ行くまではそうだったわ。政美ちゃん、一葉ちゃん、おかけになって」

椅子に座るように勧められるが、運ぶくらいならできると私は手伝いを買って出た。

トマトとアボカドのガスパチョ、ルッコラとチーズのサラダ、仔牛のレバーと玉ねぎ煮込み、冷製カッペリーニなど説明をしてもらいながら、ひとり分ずつプレースマットの上に用意された。

「おふたりのお口に合うか心配だけど」

「和歌子ちゃん、とってもおいしそうだよ。お昼にこんなお料理をいただけるなんて

「贅沢だねぇ。そうだろう? 一葉」

祖母は料理に見惚れていた私に声をかける。

「本当にすごいです。いただきます!」

レストランで食べるような繊細な味で、たくさん作ってくれた料理はどんどん食べ進められる。普段は和食ばかりで滅多にこういった料理を口にしない祖母も、おいしくて満足している様子だった。

ふたりは昔話や、和歌子さんのイタリアでの生活などの話に花を咲かせている。

デザートは近所にあるという有名パティスリーのケーキ。ルビーチョコがけの丸いフォルムのケーキはかわいらしく、そのおいしさに目を見張った。

アールグレイのアイスティーで口の中がさっぱりして、至れり尽くせりの和歌子さんのおもてなし術を尊敬する。

「一葉ちゃんは女子大の一年生だと聞いているけれど、なにを専攻しているの?」

「文学部の日本文学科です」

小さい頃から本が好きで、書店とか図書館にいるのが大好きだった。将来は図書館司書になりたいと思っている。

「そう。本が好きなのね。大学生活は楽しい? ボーイフレンドはいらっしゃる?」

祖母にもボーイフレンドの話なんてしたことはなくて、和歌子さんに尋ねられてびっくりした。

そもそも、中学生のときにテニス部の男の子と何回か映画館やファストフードを食べに行ったくらいで、高校から女子校、現在の大学も女子大なので、男性とはまったく関わりのない生活を送っている。

「大学生活は楽しいです。のんびりした校風で。……ボーイフレンドはいません」

「まあ！　そうなのね。よかったわ！」

和歌子さんの喜ぶ姿になぜ？と不思議に思ったが、疑問を口にするほどのことでもなく、最後のケーキを口に運んだ。

「一葉ちゃん、政美ちゃんと一緒のお写真を撮っていいかしら？」

「それなら私が和歌子さんとおばあちゃんの写真を撮りますよ」

祖母の写真が欲しいのだろう。それならふたりの写真を私が撮ろうと提案したが、和歌子さんは笑顔で首を左右に振った。

「かわいい一葉ちゃんのお写真が欲しいのよ。いいでしょう？　はい。政美ちゃんに少し寄ってね」

和歌子さんはスマホを手にして構える。

「ほら、一葉。もっと寄って」

祖母にまで言われてしまい、私は体を近づけスマホに向かって微笑んだ。

「いいわぁ。私にも孫娘がいるんですけどね、パリに住んでいるのよ。でも近いうちこっちに遊びにくるから、そのときは一葉ちゃんがお暇だったら東京を案内してほしいと思っているの」

「私でよければ。それほど都内を知っているわけじゃないんですが、浅草《あさくさ》やお台場《だいば》、地元の神楽坂ならご案内できます」

「ありがとう。うれしいわ。孫は大学生で二十一歳なの。一葉ちゃんは十八歳だったわよね？　年も近いから仲よくなってほしいわ」

和歌子さんの私への好意に困惑したが、私もお友達になれるのならと「来日する際にはご連絡ください」と口にした。

自宅に向かう電車の中、祖母を優先席に座らせて前に立った私は疑問を投げかけた。

「ねえ、おばあちゃん。和歌子さんはどうして私に好意的なの？　おばあちゃんの孫だから当然と言ったら、そんなものなのかなと思うんだけど……」

「こっちに知り合いも少ないし、孫のような若いお友達が欲しかったんだよ。和歌子ちゃんは海外で長く生活していろいろなことを知ってるから、一葉も刺激になるはずだよ」

たしかに和歌子さんは、日本に住んでいるよりイタリアの方が長い。海外には興味があるし、一度はイタリアへ旅行してみたいと思っていたから、向こうでの生活を聞くのも楽しいだろう。

「うん。また機会があったら、和歌子さんに会いたいな」

「すぐにあるよ」

祖母は自信ありげに言って、しわのある顔をほころばせた。

夏はわが家の蕎麦屋はとくに忙しい。さっぱりしたかけ蕎麦などを食べたいお客様が多いのだ。

バイトをよそでするのならうちでやったらいいと、父に勧められて忙しいランチタイムの四時間ほど働いている。

八月に入ってすぐの木曜日、ランチタイムのアルバイトを終える間際、自宅から祖母が店に現れた。

「一葉、和歌子ちゃんにお蕎麦を届けてほしいんだよ」

「え？　私だけ？　おばあちゃんは？」

「私はこれからいつもの通院があるんでね。お蕎麦がおいしいって喜んでくれていたから。あ、お孫さんもいるらしいよ」

前回話に出ていた二十一歳の大学生のお孫さんが、日本へ来たんだね。

「うん。わかった。シャワーを浴びて着替えてから行くね」

「はいよ。あ！　着物で行ったらどうかね？　珍しいと、きっと喜んでくれるよ」

「えーっ、電車で目立っちゃうよ」

中学、高校と茶道部にいて、何枚か祖母が買ってくれているのがある。

「そんなふうに思うのは自意識過剰ってもんだよ。ほら、桜色の紗の小紋があっただろう。あれがいいよ」

「自意識過剰って、おばあちゃんっ、そんなこと思っていないからね」

容姿から言えば、もう少し鼻は高くなってほしいし、目はクリッとした大きさではなく切れ長になりたい。スタイルだって、メリハリボディになりたい。

自意識過剰というよりは、自信がないからあまり人に見られたくないのだ。

頬をぷーっと膨らませて怒ってみせると、祖母は「そうだねぇ。もっと自信を持ってもいいくらいだね」と笑った。

祖母に着付けてもらった桜色の小紋に、借りたクリーム色の名古屋帯《なごやおび》で身支度が完了した。帯には金魚がところどころに刺繍されているので、これで少し涼が取れるのではないかな。

父の手打ち蕎麦とおつゆが入った風呂敷を持って、和歌子さんの家へ向かう。風呂敷は祖母が器用に持ち手を作ってくれたので、ショッパーバッグのように持っている。

外は暑いが、着物に合わせて髪の毛を祖母に緩く結ってもらったので快適だ。

最上階の和歌子さんの部屋番号を押して、明るい声で《一葉ちゃん、どうぞ》と返事があった後、ロビーに歩を進めてまじまじと周りへ視線を向けた。

前回来たときはじっくり建物内を見られなかったけれど、大きなモダンアートが白い壁に飾られ、いくつもの落ち着いた色味のソファセットがある。

そのひとつに、今までお目にかかったことのないほど素敵な男性がいた。

ライトグレーのスーツは見事に体にフィットしていて、向かい側のスーツ姿のふたりの男女と書類を広げながら会話している。

有能なビジネスマンそのものって感じ。

整った横顔しか見えないのを残念に思いながら、エレベーターホールへ向かい、最上階を目指した。

最上階に到着して和歌子さん宅のドアのインターホンを鳴らすと、すぐに内側から開いた。

「まあ！　一葉ちゃん、お着物でいらしてくれたのね！　かわいいわぁ。よく似合っているわ」

べた褒めされて照れくさい。褒められることに慣れていないので、顔に熱が集中してくる。

「こんにちは。これを」

そう言って、祖母から預かったお蕎麦のセットを渡して帰ろうとする私を、和歌子さんが引き留める。

「暑い中来ていただいたんだもの、このまま帰らせるなんてできないわ。おいしいジェラートがあるの。それとお話も。どうぞ上がって」

私が来るのを楽しみにしてくれていたようで、喜んでいる姿を見たら無下に帰ることはできない。

「では、お邪魔します」

「どうぞどうぞ」

先日のダイニングテーブルではなく、ソファへ座っているように勧められ、和歌子さんはその場を離れた。

少しして、和歌子さんはまるでカフェのように完璧なジェラートとフルーツの盛り合わせのお皿を私の前に置いた。一緒にアイスコーヒーも。

フルーツはメロンといちご、桃、ブルーベリーと贅沢で、ジェラートは二種類ある。

「ジェラートはマンゴーとピスタチオなの。嫌いじゃないといいのだけど」

「ありがとうございます。大好きです。とくにピスタチオには目がないんです」

「よかったわ」

和歌子さんは自分の分を置くが、中身は私の半分もない。

「年を取るとたくさんは食べられないのよ。政美ちゃんもそうでしょう？　遠慮せずに召し上がって」

「はいっ。いただきます」

スプーンを手にして、大好きなピスタチオのジェラートからいただく。口に入れると、濃厚なミルクとピスタチオの味が広がり、優しく喉を通っていく。

「んーっ、とてもおいしいです」

「一葉ちゃんの食べる姿はいいわね。私もいただきましょうかね」

和歌子さんはホッと安堵した様子で、ピスタチオのジェラートをすくって食べた後、口を開く。

「お蕎麦を持ってきてもらっちゃってごめんなさいね。先日いただいたお蕎麦がとーってもおいしくて、政美ちゃんに話したらすぐ持っていかせるからって」

「おばあちゃんも来たかったと思います。今日は通院があって。あ、高血圧なので月に一度通っているんです」

「ええ。病院へ行くと言っていたわ。お薬で抑えられるのなら安心だわ」

話をしながらデザートを食べていると、先ほど玄関で話があると言っていたのを思い出す。

「和歌子さん、お話って……？」

「あらあら、そうね。忘れっぽくて。孫が後で戻ってくるのよ。ぜひ会ってね。それでね、お夕食は近くのイタリアンレストランへ一葉ちゃんをご招待したいの」

「お孫さんとは会いたいけれど、夕食までご馳走になるのは……。」

「お孫さんにはぜひ会わせてください。お夕食は――」

「あ！　帰ってきたようだわ」

断ろうとしたのだが、玄関のインターホンが聞こえてきて和歌子さんの意識が玄関の方へ向いた。

「すぐ来ますからね」

私は奥手で同年代の初対面の相手とはなかなかすぐに打ち解けられない性格なので、心臓をドキドキさせて彼女が現れるのを待った。

スリッパの音が微かにして、背を向けて座っていた私は挨拶をするために腰を上げた。

「亜嵐、おかえりなさい」

和歌子さんは立ち上がり、うれしそうに声をかける。

え？　アラン？　それって男性の名前じゃ……？

腰を上げた状態のままだ振り向いていない脳内で困惑する。

「おばあ様、ただいま」

おそるおそる振り返る耳に、心地よい男性の声。

「ちょうどよかったわ！　ほら、話したでしょ。一葉ちゃんがお蕎麦を持ってきてくれたのよ」

目線を上にずらした私はわが目を疑った。

先ほどロビーで談話中だったあの素敵な男性だ。さっき目にしたのは横顔だったけれど、ライトグレーのスーツは記憶に残っている。真正面から見る彼は、外国人の血が入っているとすぐにわかり、モデルを職業にしているのではないかと思われるほど美麗な男性だ。

「ここで祖母と一緒に暮らしている孫の亜嵐です。一葉ちゃん、ありがとう。俺もあの蕎麦がまた食べたいと思っていたんだ」

優しく包み込まれるような声の持ち主で、完璧な王子様。こんなイケメンに〝一葉ちゃん〟と呼ばれて、心臓がドキッと跳ねた。

「い、いいえ。水野一葉です。父の手打ち蕎麦を気に入ってくださりありがとうございます」

ペコッと頭を下げたところで、和歌子さんが「ジェラートが溶けちゃうわ」と声をあげる。

「登場のタイミングが悪かったですね。どうぞかけて食べてください。おばあ様、手を洗ってくるよ」

「アイスコーヒーでいいのかしら？」

彼は微笑んで首を左右に振る。

「おばあ様のジェラートが溶けるでしょう？　自分でやるから食べてて。一葉ちゃん、すごいことになってるよ」

「え？　あ！」

自分のお皿へ視線を落とし、溶け始めているジェラートを見てつい声が漏れた。

亜嵐さんがリビングから出ていく。

「室温をもう少し下げればよかったわ」

「いいえ。涼しすぎるとおいしいジェラートもおいしく食べられませんから」

急いでジェラートやフルーツを口にする。フルーツはジェラートにも負けないほど甘い。

「一葉ちゃんは優しいのね。花音なら文句を言われるわ。もうひとりの孫よ。それと亜嵐の上に兄がいるの」

亜嵐さんの容姿であれば、きょうだいも素敵に違いない。

でも、本当にびっくりした。女性かと思ったら男性だったから。

そこへ、スーツから半袖の白い襟付きのシャツに黒いスリムなパンツスタイルに着替えた亜嵐さんがアイスコーヒーを入れたグラスを手にして戻ってきた。

「亜嵐、ここに座って」

和歌子さんは自分の左斜めのソファを勧める。亜嵐さんは私の対面に腰を下ろした。

ソファのような低めの椅子では、彼の脚の長さが際立っている。

「おばあ様の相手をしてくれてありがとう」

「こ、こちらこそ、和歌子さんとお話ししていると時間が経つのがあっという間です」

亜嵐さんに笑みを向けられて、早くも心臓がドキドキ暴れ始めている。

ずっと女子校で、若い男性に免疫がないせいだ。

はぁ……。

目と目が合って恥ずかしくなりうつむき、アイスコーヒーにミルクとガムシロップを入れる作業に集中しているふりをする。

「亜嵐、レストランの予約はしてくれているわよね？」

和歌子さんの言葉にハッとなって、顔を上げる。

「もちろん三人で予約済みだよ」

それって、今日の夕食の話かな……？

「和歌子さん、ごちそうさまでした。私はこれでおいとまさせていただきます」

「一葉ちゃんったら、今亜嵐が言ったでしょう？　予約をしているって。政美ちゃんにはお夕食を一緒に食べたらお帰ししますって言ってあるの」

「おばあちゃんが……」

祖母が了承済みならば、早く帰宅しなくても平気よね。でも、亜嵐さんも一緒だなんて、緊張しちゃうな。

「ええ。それにまだお話があるのよ」

「あ、そうでした。お伺いします。おばあちゃんに伝えることでしょうか……？」

話の内容に予想がつかず、戸惑いながらも小さく首をかしげて尋ねる。

「一葉ちゃん、驚かないで聞いてほしいの」

和歌子さんにそう言って切り出され、余計に心配になってしまう。

「遠い昔のことね。最初は私と政美ちゃんに子どもが生まれ、成長したら、結婚をさせたいと私と政美ちゃんは約束をしていたの。当時、好きな小説にそういうのがあって、ロマンチックよねと」

私たちの話に亜嵐さんは退屈ではないだろうかと視線を向けると、アイスコーヒーを飲みながらしっかり聞いているようだ。

「でもね、残念ながら私には男の子がひとり、政美ちゃんの方も男の子がふたりだったの」

和歌子さんは心の底から残念そうにため息を漏らす。

当時の気持ちを思い出したみたいに見える。

「それでね？　次は孫ができたら、ちょうど年齢的にも合って双方がよければ結婚させたいわねと政美ちゃんと約束をしたの。ねえ、一葉ちゃん。亜嵐が結婚相手だったら嫌かしら？」

突然予想もしなかった話に、頭の中が真っ白になった。返事ができない私に、和歌子さんがやんわりと微笑みを浮かべる。

「一葉ちゃん？」

我に返って首を左右に何度も振る。

「私に亜嵐さんはもったいないです」

急に結婚相手にどうだと言われて、ますます亜嵐さんを見られなくてアイスコーヒーの氷を意味もなく数える。

「そんなことはないわ。先日、一葉ちゃんとお話しして、亜嵐にピッタリだと思ったの。年上を敬い、素直で、頭の回転も速くて、おいしそうに食べる一葉ちゃんは孫の理想のお嫁さんだとね」

〝おいしそうに食べる〟、食い気の塊みたいで今度は気をつけなきゃと自分を戒める。

「おばあ様、俺に話をさせてもらっていいかな？」

「ええ。当事者ですものね」

「一葉ちゃん、まずは自己紹介をするよ。伊集院亜嵐。二十八歳だ。君とは十歳差になるから、おじさんに見えるかもしれないな」

「え？　そんな、おじさんだなんて！」

思わず瞬時に反応する私に、亜嵐さんは口もとを緩ませる。

「よかった。職業は、イタリアの家具メーカー、フォンターナ・モビーレの日本支社長をしている。本社はミラノだ。代々続く家業だよ」

二十八歳の若さで日本支社長？　ますます私にはもったいない男性だわ。

「趣味は時間ができるとドライブくらいかな。読書は好きだ。遺跡なんかもね」

「亜嵐は仕事中毒なのよ。だから、一葉ちゃんのようなかわいい女性がそばにいてくれたら、少しは仕事以外に目を向けるんじゃないかと思うの」

「……お話を聞いていたら、ますますなんのとりえもない大学生の私は亜嵐さんにはふさわしくないかと」

亜嵐さんが自己紹介までするということは、私が相手でもかまわないと思っている……？　こんなにかっこよくて支社長という立場なら、彼女くらいいそうだけど。

「おばあ様、あと二十分でレストランの予約の時間です。ゆっくり食べながら一葉ちゃんを説得してみては？」

「もうそんな時間なのね。そうね、お出かけしましょう。一葉ちゃん、支度をしてくるから五分ほど待っててね」

和歌子さんはソファから立ち上がり、リビングを出ていった。

亜嵐さんとふたりきりになってしまい気まずい。

「あ、あの。食器をキッチンに運んでもいいですか？」

「お客様にそんなことはさせられないが、君は気まずそうだからお願いするとしよう」

私の気持ちはすっかり見通されているようだ。

落ち着かない気分でソファからすっくと立つと、食器を両手に持ってキッチンへ運ぶ。トレイが見あたらなかったので一度では持っていけず戻ろうとしたところで、こちらへやって来る亜嵐さんがいた。残りのお皿が彼の手にあった。

「ありがとうございます」

思わずお礼を伝えると、亜嵐さんがふっと笑みを漏らす。

「お客様の君が運んでくれたんだから、お礼を言うのは俺の方だよ」

からかうような口調に、ますます顔に熱が集まってきて困惑するばかりだった。

ふたりに連れてきてもらったイタリアンレストランは、住まいのレジデンスの隣にある五つ星ホテルの中にあった。

セレブしか足を踏み入れられないような豪華なインテリアのレストランで、案内されたのは六人掛けのテーブルのある個室だ。

白いテーブルクロスの上に、三人分のお皿とカトラリーが準備されている。ナイフとフォークが何本もあり、その上大小のスプーンまである。

このようなすごいレストランへ入店したことなんてないので、緊張が増していた。

どうしよう……ナイフとフォークくらいは使ったことがあるけれど、こんな数知らない。

最高級レストランに連れてきてもらったのに、これでは料理の味がよくわからないことになってしまいそうだ。

和歌子さんの家で座っていたときと同じ位置に着座して、亜嵐さんがスーツの外国人男性とイタリア話で話している。

少し白髪が見える外国人男性の胸にあるネームプレートには〝支配人〟とあり、和歌子さんもにこやかに会話に加わった。

すごくかっこいい。和歌子さん、イタリア語が流暢だ。

「一葉ちゃん、支配人が勧めてくれたりんごジュースでいいかしら？　アレルギーや嫌いなものはある？」

「りんごジュースで大丈夫です。アレルギーや嫌いなものもありません」

そう言うと、亜嵐さんが支配人に声をかけ、彼は笑顔で出ていった。

「すみません。私、こういったレストランへ来たのは初めてで」

「まあ、一葉ちゃん。謝る必要なんてないわ。これからは亜嵐にどんどん連れていってもらいなさい」

まだ了承したわけではないのに、すっかり結婚相手と見なされてしまっている。

「和歌子さん、亜嵐さんは私にはもったいないくらい素敵な人です。私なんかよりもっと、ずっと洗練された女性が――」

「洗練された女性なんて、つまらないじゃないの。私は政美ちゃんの孫の一葉ちゃんだから、亜嵐のお嫁さんにしたいのよ」

和歌子さんは遠い昔の約束を果たしたいと強く思っているみたい。でも、亜嵐さんはその約束の被害者では……？

そこへ飲み物と前菜が運ばれてきた。飲み物は三人とも同じだ。

こういうとき、亜嵐さんのような大人の男性はアルコールを飲まないのだろうか。

前菜のほかに小さなガラスのお皿にのったクラッカーにクリームチーズのようなものとサーモン、いくらがトッピングしてある。

「いい機会だから教えるよ。今後、困らないように」

料理に手を出せないでいる私に亜嵐さんが話しかけてくる。

「これはアミューズといって、料理が出る前の空腹を和らげる意味がある」

「アミューズ……ありがとうございます」

「これから前菜、パスタ、メイン、デザートが出てくる。カトラリーは俺や祖母が使うのをまねるといい。最初はわからなくて当然だから。基本は両端から使っていく」

私が気兼ねなく食事ができるように配慮を怠らない亜嵐さんは、大人の男性だ。こんなふうに男性と接したことがないから、胸の奥底でなにかふわふわしたものを感じるが、それがなんの感情なのかわからない。

前菜が運ばれてきて、スタッフが料理の説明を始める。こういうふうに料理の説明をされたことがないから驚く。

ホワイトアスパラガスのマリネ、マダコのグリル、オクラのフリット、生ハムメロン、とうもろこしのスープなどの説明を、和歌子さんと亜嵐さんは小さくうなずきながら聞いている。

まるで映画で観たような貴族のディナー風景だ。

スタッフが礼儀正しく部屋を出ていき、亜嵐さんが「食べよう」と勧めてくれる。

対面に座る亜嵐さんの方がどのナイフとフォークを手にするのかわかりやすいので、彼の手を見てまねる。

ホワイトアスパラガスのマリネを見よう見まねでひと口大にカットして口に入れると、そのおいしさに目が丸くなる。

イタリアンなんて友達と行く安いランチのお店しか行ったことがないものね。きっと和歌子さんや亜嵐さんは、こういった高級レストランがファミレス替わりなんだろうな。

「一葉ちゃん、お口に合うかしら？」

「あ、はいっ！　とてもおいしくてびっくりしています」

「やっぱりかわいいわね。亜嵐とのお話、よく考えてね」

そこまで言うのだから、和歌子さんは本気なんだ。

私は「……はい」と言うしかなくて、コクッとうなずいた。

ウニが入ったパスタなんて食べたことがなかったが、コクがあってめちゃくちゃおいしい。ただ五口くらいでなくなるほどの量で、とても残念だ。

メインは松阪牛のシャトーブリアンのグリルで、一頭で少ししか取れないというのは聞いたことがある。

五年ほど前、祖父が亡くなる以前に焼き肉屋へ連れていってくれたとき、メニューにあって価格に驚いたのを覚えている。庶民のわが家はカルビやロースを注文したが。

松阪牛のシャトーブリアンは口に入れた途端、とろけるようになくなっていく。

ヤバい。おいしいっ！

そんな言葉を祖母の前では言えても、ふたりの前ではもってのほかだ。礼儀知らずだと思われたくないので、黙ったまま肉の味の余韻に浸る。

食事をしながら、和歌子さんが普段の私の生活の詳細を尋ねてきたり、自分の美術館巡りの趣味について話したりと会話が弾む。

「夏休みは家業のお蕎麦屋さんのお手伝いをされているのね。一葉ちゃんは働き者なのね」

私をどんどん持ち上げてくれる。おそらく家でダラダラ、ゴロゴロしていると言ったとしても、休めるのはいいことだとかいい方に捉えてくれそうな和歌子さんだ。

デザートは球体のチョコがのったお皿が目の前に置かれ、熱々のホワイトチョコレートを上からかけられると、見る見るうちに溶けて中のフランボワーズのケーキが顔を出した。

演出もすごくてびっくり。動画に収めたかったたな。

デザートも、ほっぺたが落ちるくらいおいしい。

あっという間に二時間が経ち、時刻は二十時半を回っている。

食事にこんなにも時間がかかったのには驚いた。

家に着くのは一時間後くらいだろう。着物のおかげで高級レストランでも少しは気後れしなくて済んだが、疲れてそろそろ限界だ。帰ったらこのまま大の字になって寝っ転がりたい。

レストランを出てエレベーターで一階に到着し、エントランスまで出てきた。

「和歌子さん、亜嵐さん、ごちそうさまでした。これで失礼いたします」

私は頭を下げてお礼を口にする。

「一葉ちゃん、亜嵐が送っていくわ。今日は楽しくて時間が瞬く間に過ぎてしまったわ。また遊びにきてね」

「ええっ？　それでは亜嵐さんに迷惑がかかります。地下鉄で帰ればすぐなので大丈夫です」

「それはダメよ。若い女の子なんですもの。しかもお着物なんだから、いざとなったら逃げられないでしょう？　最後まで責任を持ってご自宅へ送り届けなくてはね」

「車を回すから。おばあ様、レジデンスのエントランスで一葉ちゃんと待っていてくれないか？」

「わかったわ。一葉ちゃん、行きましょう」

亜嵐さんが私たちから離れ、レジデンスのエントランスへ向かう。到着して二分ほどして、艶のある黒い高級外車が近づいてきた。

私たちの目の前に車を止めた亜嵐さんが運転席から出てきて、助手席のドアを開けてくれる。

「一葉ちゃん、乗って。またいらしてね」

和歌子さんにハグをされて内心驚くが、「失礼します」と笑って乗り込んだ。

静かにドアが閉まり、シートベルトを締めたところで運転席に亜嵐さんが戻ってきた。

外で手を振る和歌子さんに会釈をしていると車が動き始めて、住所を教えなければと窓から亜嵐さんへ顔を向ける。

「住所は――」

「知っている。道路の混み具合もあるが、三十分くらいで着くだろう」

「わざわざすみません」

亜嵐さんは慣れた運転でステアリングを握り、辺りに注意を向けながら車を走らせている。

「君と話もしたかったからね」

やっぱり和歌子さんの話は真に受けないようにと言うのだろう。

「あの、和歌子さんの話は真に受けていませんのでご安心ください」

自分の気持ちをちゃんと知らせられて、ホッと胸をなで下ろす。

車は赤坂御用地《あかさかごようち》を右手に神楽坂に向かって走っている。信号が赤になり、静かにブレーキが踏まれた。

前の車のテールランプを見ていた私は、視線を感じて運転席へそっと顔を向ける。

視線を感じた通り、亜嵐さんは私を見ていた。

車内は薄暗いのにしっかり目と目が合い、私の心臓がドクッと跳ねる。

「真に受けてもらわないと困るんだが」

「え？　それは……亜嵐さんは私と結婚してもかまわないと言っているんですか？」

信号が青に変わり彼は再びアクセルを踏み、車を走らせる。

一瞬間を置いてから、亜嵐さんが口を開く。

「ああ。祖母の願いだからね」

「年齢的にも大人な亜嵐さんには、私は似合わないと思うんです。それにそんなに素敵なんですから、彼女のひとりやふたりいてもおかしくないです」

「俺を素敵だと思ってくれているんだ」

ハッとなって、眉をギュッと寄せて困惑する。

「も、もちろん。思っています。でも、結婚とは別物で……」

「一葉ちゃんは、俺が十歳も年齢差のある子と結婚をしてもかまわないと思っているから、ロリコンだという考えがよぎっているのかな？」

「そんなこと思っていませんっ」

ロリコンって、もっと小さい女の子のことを言うんじゃ……。

「会ったばかりなのに、結婚をしてもいいだなんて普通じゃあり得ないです。それにまだ大学一年生ですし」

「未成年者をどうこうしようとは思っていない。祖母の気持ちを尊重したい。だから、婚約して大学卒業後に結婚する形で、それまでに俺を知ってほしい」

「それって……婚約しても二十歳になるまでは、その……だ、男女の関係にはならないと言っているんですか？」

私の動揺がわかってか、亜嵐さんは「ふっ」と笑う。

「一葉ちゃんはかわいいからな。どこまで俺の理性がもつか。だが、忍耐が続く限り手は出さないと約束する。未成年のうちはね」

亜嵐さんは前を見すえ、ドキッとするようなセリフを吐く。

「どうして、それほどまでに和歌子さんの望みを叶えようとするんですか？」

「それはまだ話せない。とりあえず、俺は祖母を喜ばせたい。いい返事を待っている」

そこで代々続く『蕎麦屋水野』の前に到着しているのに気がついた。

「あ……ありがとうございました」

亜嵐さんは車の小さなボックスから名刺を取り出し、私に差し出す。

「これが俺の名刺だ。そこにスマホの番号も入っているから、登録しておいて。寝る前にその番号にかけてワン切りしてくれ。一葉ちゃんの番号を入れておくから。話がしたかったらワン切りじゃなくてもいい」

降りようとドアの取っ手に手をかけたところで、亜嵐さんが車の外へ出て助手席側へ回る。そしてすぐに外側から開いた。車から降りるとすぐに助手席のドアが閉められる。

「老舗の雰囲気がたっぷりだな」

亜嵐さんはわが家の蕎麦屋の店構えを眺めている。

「一葉ちゃん、今度、神楽坂を案内してくれないか？」

「え？　わ、私でよかったら……」

彼のような人とデートするなんて、ドキドキ緊張しちゃいそうだ。

「お互いを早く知るのが一番だ。後日、電話をする。おやすみ」

「ごちそうさまでした。お気をつけてお帰りください」

頭を下げる私に亜嵐さんは微笑みを浮かべて、「家に入って」と言う。

ここまで見届けるなんて、なんて紳士なんだろう。

「はい。では、失礼します」

亜嵐さんに背を向けて、店舗横の門扉を開けて振り返り、もう一度頭を下げてから閉めた。

はぁ～。

今日はなんて日だったのか。青天の霹靂をまさに体験した感じだ。

長時間の草履で痛む足をトボトボ進ませたとき、内側から引き戸の玄関が開けられた。

「きゃっ！　びっくりした！」

玄関を開けたのは父だった。職人かたぎの父は、話せばわかってくれることもまれにあるけれど、いわば頑固おやじだ。そんな父が心配そうに眉根を寄せている。

「一葉、大丈夫だったか？」

「え？　大丈夫って？」

意味がわからずキョトンとしながら、土間に足を踏み入れて草履を脱ぎ、家の中に入る。

私のうしろから父がついてくる。そこへ祖母がリビングから顔を出した。父とは反対に祖母は笑顔だ。

「一葉おかえり。さっき和歌子ちゃんから連絡があったよ。楽しくていい日だったと言っていたよ」

「ただいま、うん――」

「一葉、話がある。リビングに来なさい！」

祖母に挨拶をしている最中、父が持ち前の大きな声をあげた。

なんだか苛立っている様子。

「お父さん、着替えてからじゃダメ？」

今日バイト中になにかミスした？　それとも帰宅が遅い？　でもまだ門限の二十二時少し前だし。

「いいから。早く来るんだ」

仕方なくリビングに歩を進め、籐の枠組みの三人掛けのソファに腰を下ろす。その隣に祖母が座る。

ひとり掛けのソファに父がドスンと腰を下ろした。古いソファなので、壊れそうなほどきしむ音がした。

「お父さんったら、そんなに乱暴に座ったら壊れますよ」

母がキッチンから全員分の麦茶を持ってきて各自の前に置くと、自分も私の対面に座った。

「なんなの……？」

母が雰囲気を和らげようとしているが、父の不穏な様子に困惑する。

「一葉！　ばあさんの話など聞く必要はないからな」

「え？　おばあちゃん？　あ！」

祖母と和歌子さんの約束を父は知ったのだと悟る。

「一葉、亜嵐さんはどうだった？　素敵だっただろう？　あのフォンターナ・モビーレの日本支社長だよ。一葉にとって最高の縁組じゃないかい？」

父の険悪さとは真逆で、祖母はニコニコしている。

「おばあちゃん、突然で驚いたわ」

「ほら、ばあさん。一葉は驚いているじゃないか。今時そんな縁談なんぞ時代遅れだ」

「和夫《かずお》、お黙りなさい」

祖母は息子にビシッと言いきって、私の手を握る。江戸っ子の祖母はいざとなったら、大きくなった息子でも敵わないほどわが家では権力者だ。

「それで一葉はどう思ったんだい？」

「突然のことでなんて言えばいいのかわからない。私は亜嵐さんにふさわしいとは思えないのは確かよ」

「食事をしたんだろう？　今も送ってもらったんじゃないかい？　亜嵐さんを気に入らなかったのかい？」

私の顔を覗《のぞ》き込んで尋ねる祖母に、父が口を開く。

「そりゃそうだろ。十歳も違うんだ。一葉はまだ十八の小娘だぞ。狼に食われるウサギだよ」

父のたとえがひどすぎて、あきれた笑いが込み上げてくる。

「ひと昔前なら立派に嫁に行っている年だよ」

祖母と父のやり取りに、チラッと対面に座る母に目を向けてみるも無反応だ。

母は蕎麦屋のホールを受け持っていて、お店ではテキパキしてしっかりしているが、嫁の立場を考えて祖母には気を使う。

「なにも私だって、道理をわきまえてますよ。肝心なのは一葉の気持ちさ。私は亜嵐さんが一葉にピッタリだと思っているんだよ」

「おばあちゃん、亜嵐さんと会ったの？」

「実は会ったんだよ。日本支社長まで務める彼の会社がどんなのか気になって、ちょっと行ってみたんだ」

「六本木に行ってたの？　てっきりあのときが初めてかと……」

不安だから連れていかれたのだと思っていたけど、あれは私を和歌子さんに会わせるための作戦だったのだ。

「まだ話はあるんだよ。忙しい日本支社長がたまたま店にいたのさ。彼が光り輝いているように見えたね。あんな高級家具なんて買いそうもないばあさんにも、彼は目と目が合うとしっかり会釈してくれたよ。素敵だっただろう？」

「う、うん……」

「まったくばあさん、勝手に動くんじゃないよ。出先で倒れたら大変だろう」

体の前で腕を組んでいた父はあきれている。

「ふたりがどうのこうのと話しても、一葉の意見を聞きたいわ。一葉の気持ちはどうなの？」

ピリッとした場の雰囲気に、今まで黙っていた母の声が響く。

娘の将来に関することだから黙っていられなかったのかもしれない。

主張し合っていた祖母と父の顔が、いっせいに私に向けられた。

「私は……亜嵐さんを知りたいと思ったわ。亜嵐さんも急な話で戸惑うだろうと、今度会うことにしたの」

「そうかい、そうかい。デートをするといいよ」

祖母は笑みを浮かべて賛成するが、父は苦虫を嚙みつぶしたような顔だ。そんな父に口を開いたのは母だ。

「お父さん、私は様子を見たいわ。今まで彼氏すらできなかった一葉だから、大学を卒業して会社員になって、もしかしたら結婚相手がいないかもしれないわ。結婚はご縁だから、この出会いが本物なのかどうか、私は注視したいの」

「うむ……」

腕を組んだ父はぐうの音も出ないといったふうだったけど、「仕方ないな」と言ってリビングを出ていった。

お風呂から出て二階の自分の部屋に戻り、ホッと息を吐く。亜嵐さんを前にしてさんざん緊張していたのに加えて、お父さんたちとのやり取りもあってかなり疲れた。

髪の毛をタオルで拭きながら、デスクの上に置いた亜嵐さんの名刺に目を留めた。

先ほどの約束を実行しなければならないので、さらに心臓がドキドキし始める。

『これが俺の名刺だ。そこにスマホの番号も入っているから、登録しておいて。寝る前にその番号にかけてワン切りしてくれ。一葉ちゃんの番号を入れておくから。話がしたかったらワン切りじゃなくてもいい』

肩にタオルをかけたままスマホを手に取った。時刻は二十三時三十分を回っている。

「話がしたかったら、か……。もうへとへとだし、なにを話せばいいのかわからない」

名刺の番号を入れて、通話をタップした。

それだけなのに鼓動が早鐘を打ち始める。

呼出音が鳴りワン切りでは不安だったので、二回で切った。そしてドキドキしながらスマホを抱きしめ、胸をなで下ろした。

二、婚約成立

亜嵐さんと会った日から一週間が経った。

彼との結婚話は現実味がなくて、白昼夢が見せた妄想だったのかもと思い始めている。リアリティのない話よりも、昼間は課題に集中しなくてはならなかった。

「文学小説を二十冊読んでレポートだなんて、今時の小学生の夏休みの課題でも出ないんじゃないの？」

ぷりぷり怒りながら、アルバイト以外の時間を読書とレポートにあてる。

小説を読みながら、ふと亜嵐さんを考えるときもある。就寝前には亜嵐さんが夫だったらどんな生活なのだろうと想像してみるが、彼をよく知らないから想像力が働かない。

それにまだ本当に結婚が決定したわけじゃない。

だからあまり考えすぎないようにしていたが、その日の夜、亜嵐さんから電話がかかってきた。

「もしもし……」

電話に出た私の心臓の音が、激しくドキンドキンと脈打っている。

《一葉ちゃん、俺だ》

ベルベットのような彼の声色にうっとりしてしまい、一瞬返事が遅くなった。

「は、はい。亜嵐さん。こんばんは」

《今週の土曜か日曜、空いている?》

「日曜日が空いています。土曜日はアルバイトが」

《ああ。実家のアルバイトだね。わかった。日曜日、十一時に迎えにいく。車をコインパーキングに止めるから、神楽坂を案内してくれないか?》

「十一時ですね。わかりました」

通話が切れて、肩から力が抜けた。

ちゃんと連絡をくれたことから、彼は約束を守る人なのだとわかる。

大事なことだものね。

これから会ううちに、好ましいところや、嫌なところが見極められるだろう。反対に、私を知っていくうちに亜嵐さんの方が結婚したくないと思うかもしれない。

日曜日。約束の五分前、門扉の前に出て亜嵐さんを待つ。今日の約束のことは家族に話していない。祖母に話したら、必ず家に寄るように言われるだろうから。

真夏の神楽坂散策は暑すぎて勧められないが、幸いなことに今日は曇天でギラギラした日差しではないから、まだ過ごしやすい体感だ。

以前、祖母と和歌子さんのお宅に初めて行ったときに着ていた半袖の生成りのワンピースにした。麻でざっくり編んだバッグを肩から提げている。

通学の格好はTシャツとジーンズが多く、私のワードローブではデートっぽい服は乏しいのだ。

ミモレ丈のティアードスカートから見えるのは、やはり前回と同じく白のミュールサンダルだ。

そこへ亜嵐さんが徒歩で向かってくるのが目に入った。大股で男らしい歩き方だ。

そして、ネイビーの半袖のリネンシャツに裾をロールアップにした白のパンツ姿は、モデルみたいにかっこいい。

ぼうっと見ていた私と目が合った亜嵐さんが微笑み、私は鼓動をドクンと跳ねさせたあと、慌ててペコリと頭を下げた。

こうして、私たちの初めてのデートが実行された。

ランチは混む前にと、散策よりも先にお堀沿いにあるレストランカフェに案内した。

お堀に突き出たデッキサイドもあるが、暑いので室内の窓際の席を選んだ。

「雰囲気がいいレストランだ」

亜嵐さんもおしゃれな外観と室内に満足してくれているみたいで安堵する。

「あ、だけど。ごめんなさい。またイタリアンですね」

「問題ないよ。ピザがおいしそうだ」

「はい。四種類のチーズだけのシンプルなフォルマッジもいいし、パスタもお勧めです。あ、すみませんっ、亜嵐さんの好きなお料理でいいので」

異性とデートした経験がなくなにを話したらいいか迷い、間を保たなければと饒舌になる。

「一葉ちゃん、思ったことを話してもらえた方がいいから、謝らなくていいんだ。いつもの君でいて」

「じゃ、じゃあ、普通で……」

そうは言っても、亜嵐さんのような人を前にしてこの緊張が和らげられるのか。

シェアをすることにして、亜嵐さんは私が勧めたフォルマッジと、釜揚げシラスやマッシュルームののった和風のパスタをチョイスし、サラダやデザートもオーダーしてくれた。

「はぁ～お腹《なか》いっぱいです。亜嵐さんごちそうさまでした」

どうにか気まずくならずに会話をしながらランチを食べ終え、レストランを出たところで、支払ってくれた亜嵐さんにお礼を伝える。

「一葉ちゃん、君は学生で、収入のある俺が支払うのは当然なんだから、その都度言わなくていいよ」

「え？　でも……」

「それなら、別れ際にまとめて。行こうか。神楽坂を案内して」

亜嵐さんはレストラン前の信号が青になって私を促した。

坂道をゆっくり上がりながら、気になった路面店で立ち止まり、見ては歩を進める。

大通りから細い路地に曲がり、少し歩いた先は石畳の道になり、両端には趣きある料亭がある。

かつて著名な小説家などが滞在したという旅館や、芸者小道など有名な小道を案内する。

亜嵐さんは黒板塀や古い建物を楽しんでいる様子だ。

石畳を歩きながら、家族の話をしてくれた。

亜嵐さんの両親は、イタリア人と日本人のハーフの父親と日本人の母親。五年ほど前に父親が病気で他界したそうだ。

妹の花音さんはフランスの有名な音楽大学に入学し、母親も一緒にパリで生活している。

兄の豪《ごう》さんはF1レースのレーサーで各国を転々としているが、あと数年で引退し、フォンターナ・モビーレのミラノ本社の社長になるようだ。

現在は彼の祖父で和歌子さんの旦那様がCEOを務め、ミラノとフェラーラを行き来しているそうだ。ひとりで住んでいると聞いて大丈夫なのだろうかと驚いたけれど、使用人がいるので問題ないと亜嵐さんは教えてくれた。

名刺をもらった翌日、会社についてインターネットで調べてみた。高級家具なんて私には縁がないものだから、椅子ひとつの高額な値段に呆気に取られた。

世界中のセレブに愛されている家具の最高級ブランド、フォンターナ・モビーレは各国の主要都市に店舗を展開している。

亜嵐さんは幼い頃から日本へは何度も来ていたが、フォンターナ・モビーレ本社に就職して四年目の二十六歳の頃から、一カ月単位で年間四回ほど日本に出張し滞在するようになった。しかし来日しても仕事ばかりで、こうしてあちこち歩くことはなかったらしい。

そして一カ月前、日本支社長に就任し、和歌子さんとともに来日したそうだ。

兄はF1レーサーで妹はピアニストの卵。亜嵐さんは大会社の日本支社長だし、すごい家系で、庶民の私が本当に婚約者になってもいいのか考えてしまう。

「一葉ちゃん、どうした？　暑いから疲れただろう。近くにカフェはある？」

「すぐ近くにあります」

観光客にはあまり知られていない小さなカフェに、亜嵐さんを連れていった。

亜嵐さんはアイスコーヒー、私はパイナップルとヨーグルトのフローズンスムージーを頼んだ。

店内には五つほどのテーブルが置かれ、私たちを含めて三組がいる。

暑い外からエアコンのきいた室内に落ち着き、汗がスーッと引いていく。曇天でも暑いものは暑い。首もとにそっとハンカチをあてた。

亜嵐さんも汗をかいていたみたいだけど、フレグランスに合わさっているのか、爽やかな香りでびっくりする。父や弟は少なくともそんな爽やかではないから。

ふたつのテーブルに座るのは、大学生くらいの女子ふたりと四人グループ。四人グループの方から、「あの男の人、めっちゃかっこいい！」「モデルかな」などと、店内が狭いので会話が聞こえてくる。

亜嵐さんにも聞こえているだろうな。でもこんな完璧な容姿なんだから、言われ慣れていてなんとも思わないかもしれない。

「一葉ちゃん、さっき落ち込んだ顔になっただろう？」

「え？　そ、そうでしたか？」

亜嵐さん、鋭い……。

「ああ。俺の家族の話をしているときだ」

「……亜嵐さんのご家族はすごすぎて。うちとは全然違ってて、やっぱり私なんかじゃ……と、考えてしまったんです」

亜嵐さんは真剣な顔で、首を横に振る。

「そんなことはまったく気にする必要はない。祖母が君を気に入っているんだ。嫁ぎ先に味方がいれば、幸せな結婚生活を送れると思うんだが？」

「亜嵐さんは私でいいんですか？　和歌子さんが気に入っているからって、簡単に結婚相手を――」

そこでオーダーした飲み物が運ばれてきて、口を閉ざし、店員が去ると続ける。

「決めていいんですか？」

「簡単に決めているわけじゃない。一葉ちゃん、君は自分をわかっていないんじゃないか?」

「え……?」

意味がわからずキョトンとなる私に、亜嵐さんは麗しく笑みを浮かべる。

「一葉ちゃんはかわいいよ。先日と今日、話をしていて性格のよさを感じた。俺はたくさんの従業員やお客様を見てきているから、人を見極める目はあると思っている」

褒められて恥ずかしくなり、うつむいてフローズンスムージーのストローを口にする。

そんな私に、亜嵐さんは楽しげに笑う。

「そうやって真っ赤になるところもかわいいよ」

「も、もうっ、からかわないでくださいっ」

大人の余裕なのか、亜嵐さんだと嫌みにも聞こえないし、むしろ心地よい。もちろん恥ずかしさは多大にあるのだけど。

その後カフェを出て、大通りにある和菓子店で亜嵐さんは和歌子さんへのお土産を買った。神楽坂へ行くのなら買ってきてほしいと頼まれたらしい。

ここの店主は祖母と仲がいいので、私が亜嵐さんと一緒に店内へ入ったら根掘り葉掘り聞かれそうで、外で待っていた。

出てきた亜嵐さんは、ふたつ持っているショッパーバッグのひとつを私に渡す。

「一葉ちゃん、これはご家族に。食べ飽きているかもしれないが。まだ明るいけど、ご家族に印象をよくしたいから今日はこれでデートは終わりにしよう」

明るくても、十八時を回っていた。

「ありがとうございます。お母さんとおばあちゃんの好物なんです」

もうお別れなんだと、寂しい気持ちが襲ってくる。

え？　私……亜嵐さんとまだ一緒にいたいと思っている……。

「じゃ、じゃあ、車を止めたところまで送ります」

亜嵐さんはおかしそうに口もとを緩ませる。

「女の子は送られればいいんだよ。行こうか。パーキングはそれほど離れていないから無事にたどり着ける」

そこから五分と離れていないわが家へと亜嵐さんは私を送り届けて、立ち去った。

うしろ姿をずっと見ていたい思いに駆られたが、彼は角を曲がりすぐに見えなくなった。

「はぁ……。どうしたらいいんだろう」

「姉ちゃん、なにがどうしたらいいんだろうだよ」

背後から高校一年生の弟、翔《かける》に顔を覗き込まれ、ビクッと肩を跳ねらせた。

翔の身長は亜嵐さんよりおそらく五センチほどは低いけれど、私を覗き込むには充分な高さがある。

「び、びっくりするじゃないっ」

弟の姿にギョッとなって、亜嵐さんと一緒にいるところを見られたのではないかと心臓が嫌な音を立てる。

「ボケッとしてるからだろ。いいよな。気楽な大学生は。俺はヘトヘトだよ」

どうやら見ていないようだ。見ていたら早速突っ込んでくるだろうから。

陸上部の翔は夏休みなんてなくて、毎日ここから電車で三十分の高校へ通っている。

休日はお盆期間の三日間しかないみたい。

「自分がやりたいことでしょ。早く入ろう」

「姉ちゃんはばあちゃんのおつかいか？」

「え？」

門扉の中へ入る私のうしろから翔がついてくる。

「あそこの和菓子持っているから」

「ん、まあそんなとこ」

玄関を開けて「ただいまー」とふたりで声をかける。

休日のわが家の夕食はたいてい十九時三十分過ぎからなので、奥から煮物の匂いが漂ってくる。

翔は廊下から洗面所へ向かい、私は反対の廊下を進み祖母の部屋へ。障子のある六畳の和室で、縁側の窓は網戸になっていて涼を取れるように開いていた。

「おばあちゃん」

廊下からひょこっと顔を出して、刺繍をしている祖母に声をかけると、細かい作業をするときにかける眼鏡をはずした。

「一葉、出かけていたんだね」

「うん。実は亜嵐さんと会っていたの。神楽坂をぶらぶらと」

「なんだって⁉ うちに寄ってもらえばよかったのに。よくもこんな暑いのに、外をうろつけるもんだね。座りなさい」

驚いている祖母に、亜嵐さんが買ってくれた和菓子のショッパーバッグを「はい」と渡して畳の上に腰を下ろす。

「和歌子さんに頼まれたからって。おばあちゃんにも」

「おや、わざわざ」

祖母はショッパーバッグの中から包装紙に包まれた箱を取り出して、丁寧に剥《は》がす。

「こんなにたくさん。水ようかんもちょうど食べたいと思っていたところだよ。気を使ってもらって、ありがたいねぇ。喜んでいたと、お礼を言っておいておくれよ」

祖母はうれしそうにしわのある顔をほころばせる。

「で、どうだったんだ？」

「お昼はレストランカフェに行って、散策して、カフェで涼んで、和菓子屋さんに寄って終わりよ」

「なんだよ。そのさっぱりした話は。で、亜嵐さんはどうだったんだい？」

先を促す祖母はじれったそうだ。

「亜嵐さんは……んー、内緒っ」

祖母にはっきり語るにはまだ中途半端な気持ちだから、もう少し固まってからにしたい。

「一葉、その顔はまんざらでもなかった顔だね」

「うーん、そんなとこ」

ニコッと微笑みを浮かべたとき、エプロン姿の母がやって来た。

「お義母さん、食事ですよ。あら、一葉ここにいたのね」

「温子《あつこ》さん、これを冷やしておいて」

「まあ、一葉が？」

数にして十五個はある。普段私がお土産に買ってくるのはひとり一個あての五個だから、母は不思議そうだ。

「一葉、先に行っていなさい」

「あ、うん」

説明は祖母に任せて、そそくさと部屋を出た。


その週の半ばの十三日から三日間、家業の蕎麦屋はお盆休み。

私も当然アルバイトは休みで、初日は別の大学に通っている親友、荒巻真美《あらまきまみ》とランチの約束をしていたのでカフェに向かった。

真美はわが家から徒歩五分のところに住んでいるけれど、今日は大学に用事があったらしくカフェで待ち合わせることにしている。

先に到着し、四人掛けの席に案内される。ここはハワイアンカフェで、料理がSNS映えすると人気がある。そのため、十一時のオープンを狙ってその時間に待ち合わせをしていた。

私はSNSはやっていないけど、真美の希望でこのカフェに決めた。

ふたつの水とおしぼりが運ばれてきてすぐに、真美が現れた。ベビーピンクでフレンチスリーブの袖がフェミニンなブラウスに、白いAラインのスカート。肩までのブラウンの髪をハーフアップにして、ビジューのついたバレッタで留めているおしゃれ女子だ。

「一葉～ごめんね。待った？」

綺麗な顔の前で両手を合わせて、私の目の前の椅子に腰を下ろす。

「ううん。たいして待っていないよ」

「よかった！ ランチ決めた？」

テーブルの隅にあるメニューを手にして目線を落とす。

「ロコモコプレートにしようかな」

「私もそうするわ。すみませーん」

真美は少し離れた店員へ手をあげた。オーダーを済ませて、真美は私をジッと見て首を左右に振る。

「また白Tにジーンズ。一葉はもう少しおしゃれな服を着た方がいいわ。顔はかわいいんだから」

先日着ていたティアードワンピースは真美の勧めで買ったものだ。

「えっと、そのことでね？」

どんな服を買えばわからないので、真美に相談して亜嵐さんの突然の誘いにあたふたしないように数着揃えようかと思っていたので、切り出してみる。

「洋服のこと？」

「うん。何着か買おうかなって。で、真美に相談を」

「ちょっと！　どういった心境の変化？　え？　もしかして好きな人ができた？」

私の言葉が突拍子もなかったのか、真美は驚いて身を乗り出し探るような目で見る。

「す、好きな人というか」

「一葉、顔が赤いよ。図星なのね？」

「う……ん、これには込み入った事情があって」

「話してみてよ」

真摯に見つめる真美に、私は祖母たちの遠い昔の約束を話した。

聞き終えた彼女の反応は思った通りだ。

「えーっ？　時代錯誤もいいところじゃない。会ったこともない男と結婚だなんてあり得ないわ。おばあ様たち、ひどくない？」

　驚きながらも憤慨したが、ふいに首をかしげる。

「え？　でも、待って、待って。一葉は進んでおしゃれをしようとしているのよね？　っていうことは、その相手が気に入ったって見解？」

「……実はそうなの。亜嵐さんとは二回会ってる。一度目は和歌子さんに紹介されたときだけど」

　そこへ店員がロコモコプレートとアイスコーヒーを持って現れ、話は一度中断する。

「ごゆっくりどうぞ」

　店員が去ると、まじまじと私の顔を見つめていた真美が椅子の背に体を預けて腕を組む。

「なにその顔は。幸せそうじゃない。二回会っただけで好きになったの？」

「まだはっきりわからないんだよね。でも亜嵐さんを嫌う理由が見つからないの。完璧な男性だと思う」

「完璧な男性⁉　そんな人いるわけないじゃない。そんなふうに思うのは彼を好きなんだと思うわ」

　やっぱり、私は亜嵐さんが好き……？　好きじゃなかったら、自分をよく見せたいと思わないはず……。

　電気ショック、というわけではないけれど、真美の言葉で私は事実をはっきり認識し、心が振動した気がした。

「一葉、ショックを受けた顔になってるよ。自覚したってところかな。亜嵐さんの写真はないの？」

「あ、うん。ない。でも、かっこよすぎてどこでも注目されちゃう人なの」

「ふ〜ん、会ってみたいな。大事な一葉を守ってくれる人なのか見極めたいわ。職業は？」

　真美は尋ねてからスプーンでハンバーグを崩して、その下にあるご飯と一緒にパクリと口に入れる。

「真美だったら知っているかな。イタリアの家具メーカーのフォンターナ・モビーレの日本支社長なの」

　瞬時、彼女は驚愕した顔になって、急いで口に入れたものを飲み込んでから口を開く。

「ええっ？　フォンターナっていったら、最高級の家具メーカーよ。そこの支社長っ？」

綺麗にメイクされた目を大きくさせて驚く真美に、コクッとうなずく。

「ちょっと、信じられないくらいの玉の輿になるんじゃない？」

「玉の輿……」

たしかに昔だったら身分違いも甚だしいところで、現代でも私は亜嵐さんのようなセレブの結婚相手にはふさわしくないと思う。

「ＯＫ！　決まったわ！」

「え？」

やっぱり自分が亜嵐さんの妻になるには無理があるのだろうかと考えていたところへ、真美の声が突然耳に入ってきて、彼女へ首をかしげる。

「一葉が十歳の年の差をカバーできる服を選ぶわ」

「年の差をカバー……」

「そうよ。そんなしゃれっ気がない服なんて着たら幻滅されちゃうわよ。いくら顔がかわいいからってね。食べたら新宿《しんじゅく》へ行くわよ」

真美はやる気満々の様子で、私に「早く食べて」と言い、自分も食べ始めた。

「ただいま」

自宅玄関へ足を踏み入れ、ドサッと上がり框《かまち》にいくつものショッパーバッグを置いた。

口をすぼめて「ふぅ～」と息を吐いてからスニーカーを脱ぐ。

「おかえりなさい～」

リビングの方から母の声が聞こえ、続いて足音が聞こえてきた。

「一葉、真美ちゃんと食事してきたんでしょう？　スイカがあるわよ」

リビングの戸口から顔を出した母は、上がり框に並んだショッパーバッグに目を丸くする。

「すごい買い物ね。珍しいんじゃない？」

「うん。おこづかいがぜーんぶなくなっちゃった」

そこへ祖母も現れる。

「あらまあ、洋服を買ってきたのかい。一葉はしゃれっ気がないから買いなさいと勧めようと思っていたところだよ。おばあちゃんがおこづかいをあげるよ」

「お義母さん、バイト代もあるんですから甘やかさなくても――」

「いいんだよ。今みたいな格好ばかりしていては、亜嵐さんと会うとき困るからね」

祖母は上機嫌に演歌を口ずさみながら去っていった。

「お義母さんは一葉に甘いんだから」

私は苦笑いを浮かべて、よいしょっとショッパーバッグを両手に持つ。

「部屋に置いてからスイカ食べるね」

「じゃあ、冷蔵庫から出しておくわ」

母はリビングへ入っていき、私は玄関横の階段へ片足をのせた。

階段を上がってすぐの自分の部屋に入って、ショッパーバッグから洋服を取り出し、鴨居にかけていく。

ワンピースが三着、トップスが二着、スカートが一着と、こんなに購入したのは初めてだ。それとドラッグストアでファンデーションとアイシャドーとリップも買った。

すべてがプチプラだけれど、それでも三万円が飛んでいって罪悪感を覚えた。

それから私は亜嵐さんと何度かデートを重ね、気遣う優しさやスマートな振る舞い、大人で頼もしい彼にどんどん惹かれていった。

和歌子さんと一緒に食事をする機会も数回あって、彼の言う通り、望まれて結婚すれば幸せではないかと思った。

だけど、亜嵐さんの気持ちはどうなのだろうかと二の足を踏む思いもある。でも彼が、私と結婚してもいいと考えるくらいなのだから、このまま話を進めてもいいのだと気持ちを固めた。

九月中旬の土曜日、鎌倉《かまくら》へドライブに連れていってもらった。

海へも足を延ばした。海水浴客はいないが、サーフィンを楽しんでいるグループながいる。

あと一時間ほどで日没になる頃。砂浜の手前にあるベンチに座り、景色を眺める。

今日の装いは真美が選んでくれた、小花をあしらった半袖のAラインワンピースだ。髪の毛は片側に流して、シュシュでまとめている。

今日一日ずっと、結婚の話をどこで切り出そうかと思っていた。

今、言った方がいいよね。

「あの、亜嵐さん……」

「結婚の話かな？」

海を見つめていた亜嵐さんが私へと顔を向けて、鼓動がドクッと跳ねた。

「はい。私、亜嵐さんと結婚……とりあえず婚約してもいいと、決めました」

亜嵐さんの気持ちがわからないから、〝好き〟とは言えなかった。

彼の口もとが緩み、私の手が握られる。

「ありがとう。一葉ちゃん。君に不自由はさせないよ」

「よろしくお願いします」

頭を下げる私に、亜嵐さんは握った手を持ち上げ甲にキスを落とした。まるで王子様がお姫様にするような仕草で、鼓動がドクドク激しくなる。

「でも、亜嵐さんは大人だから、ここまで。

「祖母たちが喜ぶだろう。そうだ。東京へ戻ったら一緒に報告しよう」

「はいっ」

触れてほしい物足りなさを覚えながらも、笑顔でうなずいた。

東京へ戻った私たちは和歌子さんを迎えにいき、レジデンス近くの中国レストランで夕食を取った。

そこで結婚の承諾を報告すると、和歌子さんは感涙した様子で、しばらくハンカチで目もとを押さえなければならなかった。

喜んでもらえたのがうれしくて、私ももらい泣きしそうだった。

「早速結納の準備をしなくてはね」

「そうだね。一葉ちゃんのご家族と相談をしよう。ところで、ご両親やおばあ様は気持ちを固めたのを知っている？」

「まだです。亜嵐さんに先に話したかったから」

祖母は驚かずに喜んでくれると思うけど、父は納得してくれるのか少し心配だ。

「それなら、俺が一緒に——」

以前、父が困惑気味だったと話していた。

「だ、大丈夫です。私が報告します。おばあちゃんもいるので」

「亜嵐、今日のところは一葉ちゃんに任せましょう。政美ちゃんもいるのだしね」

和歌子さんが口添えしてくれ、亜嵐さんは了承した。

「一葉ちゃん、ご家族が難色を示した場合は連絡してね。亜嵐と私が説得にお伺いしますから。さあさ、いただきましょう」

「はい」

父に話すのは正直躊躇してしまうが、ここは祖母を頼ろう。

亜嵐さんに送ってもらい家に入ると、両親と祖母がちょうどリビングに集まっていて、みんながいるソファに腰を下ろした。

「おかえり。楽しかったかい？」

亜嵐さんに会うことを包み隠さず母や祖母に話していたから、父の耳にも入っているだろう。

「うん。お父さんたちに話があって」

テレビへ顔を向けていた父だけど、それはふりだったらしくピクッと手が動き、こちらへ視線をよこした。口もとをゆがめていて、嫌々な感じを受ける。

「一葉、言ってごらん」

祖母が口火を切ってくれて、話しやすくなる。

「私、亜嵐さんが好きになったの。結婚してもいいと思っている。今は学業を優先して、大学卒業後に結婚を」

「そうかい！　一葉、決めたんだね！」

祖母は満面に笑みを浮かべ、両手を叩いてパチンと鳴らした。

父を見れば考え込んでいる様子で、代わりに母が問う。

「一葉、本当に結婚を決めていいの？　まだ十八よ？」

「そうだそうだ。そんな若いうちから結婚相手に縛られるんだぞ」

父は母の言葉に賛同する。

「うん。和歌子さんも素敵な人だし、縛られるって、そんな心の狭い人じゃないわ」

「まだ数回しか会っていないのになにがわかるんだ」

「和夫、一葉が考え抜いて決めたことだよ。親なら祝福してあげようじゃないか」

「それは母さんが変な約束をしたからだろう？」

父は両腕を体の前で組んで、プイッと斜め上を向く。

「お父さん！　私はおばあちゃんたちが約束をしてくれたおかげで亜嵐さんに会えてよかったと思っているの」

「ほらごらん、一葉は喜んでいるんだよ。そんな約束でも、一葉はいいところへお嫁に行けるんだからね」

「そりゃ、金のない男に嫁いで苦労するよりはと思うが……」

父はこの先を憂慮しているみたいだ。

「お父さん、亜嵐さんに会ったらわかってもらえると思うわ」

「……会おうじゃないか」

「和夫！　よく言った」

半ば折れた父に祖母は拍手を送った。

そうして翌週の土曜日、十五時に亜嵐さんと和歌子さんが挨拶のためにわが家を訪れた。

お店は十四時三十分から十七時三十分まで休憩時間になっている。

和歌子さんには祖母の部屋にいてもらい、私と亜嵐さん、そして両親がリビング横の和室に集まった。

「ご挨拶が遅くなり申し訳ございません。伊集院亜嵐と申します。突然のお話で、ご両親様は驚かれたことと思います」

三つ揃いのチャコールグレーのスーツ姿の亜嵐さんは頭を下げる。

母は容姿端麗の亜嵐さんにビックリしているみたい。父も、ビシッと決めた亜嵐さんに気圧されている様子。

「い、いや……あなたのような、女性を選べそうな方が、うちの娘を望まれていることに驚いています」

「一葉さんは素敵な女性です。未成年なのでまだ子どもだとご両親様は心配されていると思いますが、彼女はしっかりした考えを持っていますし、私にとって最高の女性になるでしょう」

さ、最高の女性っ……。

大げさに話しているのだとわかっているが、頬が熱くなっていく。

「世間知らずですし……」

母も、私のような娘が亜嵐さんのような人の妻になってもいいのだろうかと思案していたようだ。

「これから学んでいけばいいんです。一葉さんはまだ学生ですし。先ほども話した通りしっかりしています」

「一葉を愛してもらえるのかね」

父が一番肝心なことを尋ね、私の心臓がドクッと跳ねた。

私は聞けなかったから。

「はい。すでに私は彼女に惹かれています。この先も、会うたびに好きがどんどん増していくでしょう」

私は彼の言葉に信じられない思いでポカンと見つめていたが、父は亜嵐さんに向かって頭を深く下げる。

「……わかりました。娘をよろしくお願いします」

「こちらこそよろしくお願いします」

「私、おばあちゃんと和歌子さんを呼んでくる」

父が承諾してくれて、肩の荷が下りた気分でホッと安堵し、座布団からすっくと立ち上がった。

こうして私は亜嵐さんと婚約することになった。

一カ月後、日比谷《ひびや》の五つ星の高級ホテルで結納が行われた。

私は赤地に縁起のいい柄が入った振袖を着た。これは祖母が用意してくれて、驚くほどともに感動してしまった。

仲人を立てずに略式で行われた結納で、私の左手の薬指に大学生には似つかわしくないダイヤモンドのエンゲージリングがはめられた。

三、悲しい別れ

亜嵐さんは隔月で二週間ほどイタリアへ赴く。彼に会えない期間は和歌子さんと出かけて、本当の孫のように接してもらい、毎日が楽しく過ぎていった。

三月六日は私の十九歳の誕生日。

亜嵐さんと婚約してから五カ月が経とうとしていた。

「誕生日おめでとう」

新宿の高級ホテルのフレンチレストランへ連れていってくれた。

おいしいフレンチをいただいた後、極上の生クリームがたっぷりのケーキを食べていると、亜嵐さんがサーモンピンクのバラとカスミソウをあしらった花束と、赤いリボンのかかった細長い箱をプレゼントしてくれた。

「年の数で十九本だ。来年は二十本。毎年増やすよ」

「亜嵐さん、ありがとうございます」

美しいバラを眼前にして喜びがあふれ、笑みを彼に向ける。

花束を隣の席に置いてもうひとつのプレゼントの箱のリボンをほどき、開ける。

「わっ、綺麗なネックレス……これは……」

透明感のあるピンク色をした石がひと粒、華奢なゴールドチェーンにぶら下がっている。

「ピンクダイヤだ。普段つけてもらいたいから、小さい石を選んだ」

「小さくはないです」

今日は左の薬指にエンゲージリングをはめているが、亜嵐さんや和歌子さんと会うとき以外は身につけていない。

「リングは普段つけていないんだろう？　気兼ねなくつけられるようにもう少し小さいのを贈ろうかと思っている」

エンゲージリングのダイヤモンドはグレードが最高級で、大きさも一カラットあり、大学生の自分がはめていてもおもちゃにしか見られないほどなのだ。

ピンクダイヤの石はそれよりも半分ほどで、亜嵐さんが言う通り、普段使いができそうだ。

「そ、そんな何個も必要ないです」

亜嵐さんは席を立ち、私のところへやって来る。そして、ピンクダイヤのネックレスを手にしてかがむ。

美麗な顔がハーフアップにした耳に近づき、途端に心臓がドキドキと暴れだす。

喉もとにゴールドチェーンがひんやりと触れる。

「これでよし」

ネックレスをつけてくれた亜嵐さんは自分の席に戻った。

「ありがとうございます」

いつになく亜嵐さんを身近に感じて、暴れる鼓動が治まらない。

「一葉ちゃん、君が俺のものである証拠が欲しいんだ」

「え？」

「女子大とはいえ、アルバイト中なんかは男と接する機会があるだろう？　男よけに必要だ。近いうち、一緒にリングを買いにいこう」

「男よけ？　亜嵐さん、安心してください。私に声をかける男の人なんていないですよ」

私はバカらしいと一笑に付《ふ》す。

「今はいなくてもこの先わからないだろう？　君はかわいいんだから」

「そう思ってくれているのは亜嵐さんだけです」

まだ〝愛している〟とは言ってくれていないけれど、〝かわいい〟と口にしてくれるだけでうれしい。

亜嵐さんは腕時計へ視線を落とす。

「もう九時か。帰ろう」

彼はウエイターを呼んで会計を済ませると、席を立った。

私は大学二年生になり、学業にアルバイトにと励みながら、週末は忙しい亜嵐さんができるだけ時間を作ってくれて、再び彼と出会った夏がやって来た。

大学が夏休みに入り相変わらず私は実家でアルバイトをし、週末は亜嵐さんと出かける日々を送っている。

そんな折、和歌子さんが入院したと亜嵐さんから連絡があり、祖母と一緒に駆けつけた。

六本木のレジデンス近くの大学病院で、和歌子さんは六階の特別室に入院したという。

受付で面会の手続きをしてから、沈痛な面持ちの祖母を気遣いながら亜嵐さんに教えてもらった病室へと向かう。

「和歌子ちゃん、最近、元気なかったんだよ」

祖母は毎日のように電話で話をしていたらしい。私が和歌子さんと会ったのは五日前で、不調にはとくに気づかなかった。

「どこが悪いんだろう……」

悪いことなんて起こらないよね？

憂慮しすぎているのか、両手を組む手が冷たい。

祖母とふたりエレベーターに乗り込んで、六階に到着した。降りたところにあるナースセンターで面会の旨を告げる。

「一葉ちゃん、おばあ様」

ビジネススーツ姿の亜嵐さんが歩を進めて、祖母の前に立つ。

「おばあ様、突然お呼びして申し訳ありません。驚かれたでしょう。顔色が悪いですが、大丈夫ですか？」

「私のことなどいいんだよ。和歌子ちゃんはどうなんだい？」

「祖母に会っていただく前にお話があります。掛けてください」

ナースセンター横のオープンスペースのソファを亜嵐さんは示す。

亜嵐さんの落ち着いた声色が、かえって嫌な想像をかき立てる。

祖母を座らせてから私も隣に腰を下ろし、固唾をのんで彼を見つめる。

彼は祖母の隣に座って、体をこちらに向けた。

「和歌子ちゃんは悪いんだね？」

尋ねる祖母に、亜嵐さんは神妙な面持ちでうなずく。

「血液の癌《がん》です」

私の口からひゅっと声の出ない悲鳴が漏れる。祖母はうなだれた。

「診断を受けたとき、余命二年と告知されました。祖母は日本で余生を過ごしたいと、帰国を決めたんです」

「まさかそんな病気だったなんて……」

両手を口にあてて、涙をこらえる。

「先ほど意識を取り戻しましたが、予断を許さない状態です。おばあ様と一葉ちゃんに会いたいと」

「私も和歌子ちゃんに会いたいよ」

顔を上げた祖母は気丈にもしっかりと亜嵐さんに告げる。

「ええ。この先です。ご案内します」

ソファから立った亜嵐さんに差し出された手に祖母は掴《つか》まり腰を上げ、私も立ち上がった。

祖母は亜嵐さんの手を離し、静かに深呼吸する。

和歌子さんに会いたいけれど、余命を知ってしまった今、どんな顔をすればいいのかわからない。顔を見たら泣きだしてしまいそうだ。

そんな私の気持ちを悟ったのか亜嵐さんが隣に立ち、私の肩に手を置いて歩き出す。

亜嵐さんの手のひらの温かさを感じて気持ちが落ち着いていく。

病室の前で彼は静かにドアを開けて、祖母を促した。続いて私を室内へ入れて後に続く。

病室にいた看護師の女性が頭を下げて出ていく。

和歌子さんは目を閉じていた。その顔が思っていたよりもつらそうではなくて安堵する。

「和歌子ちゃん」

祖母が声をかけると、和歌子さんは瞼を上げ、こちらに顔を向けてそっと微笑んだ。

「急に知らせが……いったから、驚いた……でしょう」

ベッドの横に立った祖母は和歌子さんの手を握る。

「もちろんだよ。教えてくれればよかったのに……」

「一葉、ちゃん」

名前を呼ばれ、祖母のうしろで涙をこらえていた私は震える足で前へ進む。

「悲しまないでね……亜嵐と、引き合わせられ……て、幸せな、時間を過ごせたの」

「……私も和歌子さんに会えて幸せです。いろいろ教えていただいたお礼もさせてほしいです」

「亜嵐を……よろしくね……政美、ちゃん……ふたりを、頼んだわよ」

言葉を発するのも大変そうなのに、和歌子さんは笑顔だった。


三日後、和歌子さんは家族に看取られて息を引き取った。

倒れた翌日にイタリアから亜嵐さんのおじい様、フランスから花音さんとお母様が来日して和歌子さんを見守ったが、私たちが会った日の夜に危篤状態に陥り、一度も意識が戻らず眠るように逝ったと聞いた。

長男の豪さんはスケジュールの都合で来られず、残念だっただろうと思う。

キリスト教会での家族葬。わが家も祖母、両親と私が参列させてもらった。

イタリア人のおじい様は銀髪で身長は私よりも十センチほど高いくらい。亜嵐さんと並ぶととても小さく見える。

「君が、ワカコが話していたシニョリーナか。君にとても会いたがっていたんだ」

流暢とはいかないけど、亜嵐さんがおじい様に私を紹介したとき、日本語で話しかけてくれた。

私にとても会いたがっていた……。ずっと自分の夢を叶えたかったのね。

そう考えると、泣かないように奥歯を噛みしめていたのに、どうにもならなくなった。

あと十分ほどで牧師による葬儀及び告別式が始まるところで、祖母が和歌子さんとの思い出のハンカチを棺の中へ入れたいと口にして、私は亜嵐さんを捜しに控え室を出た。

廊下に出てすぐに、女性のまくし立てるようなイタリア語と、静かな男性の声が少し行った先から聞こえてきた。

亜嵐さんだよね……？

立ち止まって引き返そうかと迷ったとき、曲がり角から黒いスーツ姿の花音さんが苛立たしそうな顔で現れて、その顔に驚いて声もかけられなかった。

花音さんは動けないでいる私をちらりと見ただけで去っていく。

どうしたんだろう……。

このまま亜嵐さんのもとへ向かってもいいものだろうかと思案していると、彼が現れた。

「一葉ちゃん、どうした？　こんなところで」

「あ！　おばあちゃんがこのハンカチを棺に入れたいから聞いてほしいと……」

ラベンダーの花が刺繍された白いハンカチを顔の前へ持ってくる。

「大丈夫だよ。喜んでくれるね。もう時間だ、行こう」

ハンカチを受け取った亜嵐さんは微笑んで、私を促した。

葬儀の終わった二日後、和歌子さんは小さな骨壺に収められ、イタリアの地へ帰っていった。

この一年間頻繁に会っていた和歌子さんがいなくなり、ぽっかり心に穴があいてしまった感覚で、アルバイト以外は物事に集中できない数日を過ごした。

祖母が悲しみをこらえている様子にも、心がひどく痛んだ。

そんなところへ、花音さんが蕎麦屋の店舗にやって来た。お昼のピークを過ぎてちょうどお客様が引いたときで、花音さんが入店したことで古びた店舗に色が添えられたみたいに明るくなる。

「花音さん。こんにちは」

彼女ひとりだけなのかとさっと背後を確認するが、引き戸は閉められたまま。

今日は金曜日だ。亜嵐さんが来るわけないか。

「一葉さん、こんにちは。おばあ様が好きだったお蕎麦をいただきたくて」

花音さんは淀みない綺麗な日本語で話す。

「もちろんです！　こちらへどうぞ」

壁側の四人掛けのテーブルに座ってもらう。

彼女は亜嵐さんの妹だけあって美しい。お兄様の豪さんは所属レーシングチームの公式サイトで顔を見たが、中性的な印象のある亜嵐さんとは少し違っていた。かっこいいことには変わりはないけれど。

「和歌子さんはざる蕎麦がお好きでした。一緒に天ぷらはいかがですか？」

「天ぷらは好きです。ではそちらでお願いします」

レジ近くにいた母がお水を運んできて、花音さんに挨拶する。

花音さんは「先日は祖母をお見送りいただきありがとうございました」と、椅子から立ち上がって頭を下げる。

私はカウンター向こうにいる父に注文をして、ほかにお客様もいないし少し話をしようと、ひとりになった花音さんのもとへ戻る。

「花音さん、日本にはいつまで――」

「一葉さん、食事が終わったら少し時間はありますか？　お話があります」

〝お話〟……？

花音さんのこわばった表情からなにか悪い予感がし、和歌子さんの葬儀のときに亜嵐さんと彼女が話をしていたあのときの出来事を思い出す。

「では、お食事が済んだら……」

花音さんがなにを言うのかわからず不安しかないがうなずいた。

食事を終えた花音さんと連れだって店を出る。

私は白Tシャツとジーンズの上にエプロンをしていたので、それをはずしただけ。ターコイズブルーのやわらかいシフォン素材のワンピースを着た花音さんと歩いていると、通りすがりの人から注目を浴びている気がする。

「カフェにでも入りますか？」

そう聞くと、花音さんは気まずそうに首を左右に振る。

「話はすぐに終わるので」

「じゃあ、すぐ近くの神社でいいですか？」

神社なら大きな木があるので、木陰であれば暑さをしのげるだろう。

「ええ」

神社へ歩を進めながらも、鼓動がドキドキと嫌な音を立てている。

案内している最中も話をしなければと思うのに、言葉が出てこない。神社の赤い鳥居が見えてきてホッと安堵した。

「ここです」

鳥居をくぐり木陰に足を運び、十センチは身長差がありそうな花音さんと向き合う。

小さく深呼吸をしてから口を開く。

「……花音さん、お話って？」

「一葉さんはおばあ様のために兄と婚約をしたのでしょう？　もうおばあ様はいないので、亜嵐と別れてはいかがでしょうか？」

「え？」

亜嵐さんと別れる……？

「おばあ様の夢のためにふたりが結婚するなんて、バカげていると言っているんです」

「花音さん……」

彼女は私たちの結婚に反対なのだろう。それはおそらくお母様もだ。葬儀の場だったからかもしれないが、お母様は私に対して笑みはなく、ほとんど会話はなかった。私も、和歌子さんを亡くされたご家族の悲しみを前にして自分から打ち解けようとはできなかった。

「亜嵐は家族のために自分を犠牲にしてきたわ。もうそんなことしてほしくないの」

「自分を犠牲に……？」

亜嵐さんは私と結婚することで、自分を犠牲にしているの？

「ええ。亜嵐はいつも家族のために行動をするの。それに引き換え、豪は好き放題で、レーサーを引退したらフォンターナ・モビーレの社長になると約束されている。実際は亜嵐がいなかったら職人たちをまとめられなかったし、経営が危ぶまれていた時期も乗り越えられなかったわ」

花音さんは、好き放題人生を謳歌している豪さんよりも亜嵐さんを尊敬している様子。

「亜嵐は頭が切れるし、なんでもサラッとこなしてしまう。でも、いくらフォンターナ・モビーレや家族に尽くしても、豪が彼の上に立つの。なにもしてこなかった豪がね」

「花音さん……」

「もうおばあ様はいないわ。亜嵐を自由にしてあげたいの」

花音さんは亜嵐さんの味方なのだ。

私は亜嵐さんを愛しているけれど、彼は……？　和歌子さんのための婚約だったのは明白だ。

「おじい様の目は節穴よ。長男の世襲制にばかり頭がいって」

「花音さん、葬儀の前に亜嵐さんと話していたのは私たちのことですか？」

「そうよ。別れるよう亜嵐を説得していたの」

予想はしていたけど実際そんな話になっていたなんて……。彼の返事がとても気になる。大声でわめき立てるような花音さんの口調に対して、亜嵐さんは静かな声色だった。

「……それで、彼は？」

「今はおばあ様を見送るのが大事だろうと。後日連絡をしたけれど、忙しいからと話ができていないわ。だから一葉さんに会いにきたの。あなたから、このバカバカしい茶番劇を終わらせるべきだと亜嵐に言ってほしくて」

私は亜嵐さんと別れられるの？

胸がギュッと鷲掴みされたように痛みを覚えた。

「一葉さんはまだ十九歳でしょう。まだまだこれからいろいろな経験を積んで、好きな人を見つけるのがいいと思うの」

亜嵐さんと別れた後を不意に想像してしまい、顔がゆがむ。

「亜嵐は優しいから、おばあ様の思いを叶えるためにあなたと一緒になるつもりだと思う。でも考えてみて？　結婚しても夫に愛されないで暮らすなんて嫌よね？」

花音さんの言葉はもっともだ。

結婚しても愛されないなんて、毎日が苦痛でしかないだろう。

「……亜嵐さんに話してみます」

「一葉さん、ありがとう。私が話したって言わないでね。私に憤って、意地でも結婚すると言い張るかもしれないから」

「……はい」

花音さんは話し終えて気が楽になったのか、明るい表情だ。

反対に私はどんよりした気分で神社を離れ、神楽坂駅へ花音さんを送った。

アルバイトの時間は終わっており、そのまま自宅の門扉を通り二階の自室へ入った。

窓を閉めきった部屋はサウナのように暑いが、そんなのも気にならないほど意気消沈している私はベッドにゴロンと横になる。

『結婚しても夫に愛されないで暮らすなんて嫌よね？』

花音さんの言葉が何度も何度も脳内で繰り返されている。

亜嵐さんのためを思ったら、婚約解消が一番いいのかもしれない……。

明日は亜嵐さんと上野《うえの》にある美術館でデートする約束をしているから、これで最後にしよう。


翌朝、目を覚ましても、どんよりする気持ちは変わっていなかった。

今日一日楽しんで帰り際に婚約解消を申し出ようと、昨晩決心した。それを実行するのだ。

亜嵐さんは午前中に用事があり、迎えにくるのは十三時。

のろのろとベッドから下りて、リビングへ向かった。

時刻は七時過ぎで、母がキッチンで朝食を作っていた。

「おはよう」

「あら、早いのね。あ、亜嵐さんとデートって言っていたわね」

玉ねぎをスライスして、お湯が煮立った鍋の中に入れている。

父の好きな玉ねぎの味噌汁を作っているようだ。

「うん。上野の美術館へ行こうかと」

「美術館なら涼しそうね。そうだ、妹さんはなんの用事だったの?」

不意に聞かれて、答えを用意していなかった私は言葉につまる。

「え? あ、たいした用事じゃなかったわ。顔洗ってくる」

洗面所へ行き、洗顔した顔をタオルで拭きながら、鏡に映る自分を見つめる。

亜嵐さんと並んでも引け目を感じないように、基礎化粧品やメイク、スタイルアップなどを雑誌やSNSで習って、一年前よりは綺麗になったと思う。

真美からも『会うたびにどんどん綺麗になっていくね』と先日言われたばかりだ。

自分磨きができたのは、亜嵐さんのおかげだ。

婚約解消をしたら、ほかの家族はともかく、おばあちゃんが悲しむよね……。

でも亜嵐さんには幸せになってほしい。


去年の夏、真美に選んでもらったミモザ色のカットソーと白のAラインスカートに白のサンダルを履き、家を出て門扉を開けた。

そこで私は亜嵐さんの姿に気づき、驚きの声をあげた。

「亜嵐さんっ! 早いじゃないですか」

車に寄りかかるようにしてスマホを手にしていた亜嵐さんは口もとを緩ませて、びっくりしている私のところへ歩を進める。

「いつも君を待たせているだろう」

「亜嵐さんは時間に正確です。私が早く出ているだけですから」

亜嵐さんの手が私の肩に触れ、艶やかな車体へと誘導される。

助手席のドアが開けられ、私を座らせた亜嵐さんはシートベルトを装着している間に運転席へ回ってくる。

「行き先は西洋美術館でいい？」

「はい」

車はなめらかに走り出す。

『亜嵐は優しいから、おばあ様の思いを叶えるためにあなたと一緒になるつもりだと思う。でも考えてみて？　結婚しても夫に愛されないで暮らすなんて嫌よね？』

花音さんの言葉を思い出し、今日が最後のデートなのだと考えたら胸が詰まって、膝に置いたバッグの持ち手をギュッと握った。

西洋美術館に近いパーキングに車を止めて、近くのレストランで昼食を済ませ、徒歩で向かう。

私には芸術なんて縁のないものだったけれど、亜嵐さんに様々な美術館に連れていってもらううちに、観覧しているときの静かな空間が心地よく感じられるようになった。それでも絵を見ても素晴らしい、綺麗だ、くらいしか言えないが。

亜嵐さんは歴史的建造物に囲まれアートがあふれる街ミラノで生まれ育ったためか、芸術品に造詣が深いようだ。

やっぱり私と亜嵐さんとでは違いすぎている。

美術館をゆっくり観て外へ出ると、人通りが多く、広場の方でイベントをやっているみたいだ。

「亜嵐さん、広場でなにかやっているようですね」

「行ってみようか」

私たちは広場へ歩を進めるが、頻繁に見かけるカップルのように腕を組んだり手をつないだりはしたことがない。

この一年間、まともに触れられたことはなく、物足りなさを感じていた。

未成年の婚約者を持ったばかりに行動が制限されているのを、亜嵐さん自身はどう思っているのだろうか。

途中、道端の掲示板で台湾《たいわん》フェスティバルが開催されているのを知った。

カップルや女性のグループなどがタピオカの飲み物を飲みながら歩いている。台湾フェスティバルで買ったのだろう。

会場では台湾の食べ物や飲み物が売られており、辺りにはいい匂いが漂っている。

亜嵐さんはタピオカ黒糖ミルクティーを買ってくれ、まだ十五時頃にもかかわらずほかの店を見ながらしばし台湾の夜市の雰囲気を楽しんだ。

「亜嵐さん、本当に飲まないんですか？」

プラカップにストローを入れたばかりなので、彼に差し出す。

亜嵐さんは笑いながら首を横に振る。

「見ただけで甘そうだ」

たしかに、甘いものをあまり食べない彼にはこの飲み物は甘すぎるかも。

「あ！　じゃあ、アイスコーヒーを買ってきます」

十メートルほど先に、コーヒーのキッチンカーが目に入り、向かおうとしたところを背後から腕を掴まれてうしろに引き戻される。すんでのところ、こちらを見ていない男女のグループとぶつかるところだった。

私は飲み物を持っていたから、ぶつかったら双方の服を汚してしまっていたはず。

彼の手が腕から離れて振り返ると、思いのほか、亜嵐さんのつけている爽やかなフレグランスが香るほどに近くて、心臓がドクッと音を立てた。

「あ、亜嵐さん、ありがとうございます」

一歩亜嵐さんから離れても、まだ激しく打つ鼓動は治らない。

「いや、強く引っ張ったから痛かっただろう？　大丈夫？」

「はい」

「コーヒーは別のところで飲もうか。ここを離れよう」

私たちは車を止めているパーキングへ戻ることにした。

その後、銀座《ぎんざ》のカフェでお茶をして、お台場へ移動し海の見えるホテルで夕食を取る。

ホテルのレストランからは、東京湾にかかるレインボーブリッジが眺められる。ライトアップされている景色を見ながらの食事は私のお気に入りで、この一年間で何度も連れてきてもらった。

刻一刻と、婚約解消を申し出る時間が近づいてきている。

コーヒーを飲んだ亜嵐さんの片方の眉が上がる。

「一葉ちゃん？　今日はいつもよりも口数が少ないな。どうした？　祖母のことで楽しめない？」

「……楽しめていないわけじゃないです。優しかった和歌子さんが突然いなくなってしまって悲しいですが」

「祖母は、君とおばあ様と余命を過ごせて幸せだと、いつも言っていたよ」

婚約解消を提案するのなら今だと思うのに、口に出せない。

亜嵐さんを愛する気持ちを自覚しているから、私からはやはりどうしても離れがたく、決断できないでいた。

「おばあちゃんも落ち込んでいますが、時間が解決するはずです」

「そうだね。さてと、九時か。そろそろ出ようか」

彼は立ち上がり、私のところへ来ると椅子を引いてくれる。

亜嵐さんは本当に紳士的で非の打ちどころがない人だ。

ホテルのエントランスで彼の愛車に乗り込み出発する。土曜日のお台場の道路は混んでいて、彼はゆっくり進めながらオーディオでかける曲を選んでいる。

四十分ほどで自宅には到着する予定だ。

婚約解消話なんて、十分程度で終わるだろう。

「あの、亜嵐さん」

「ん？」

運転中の彼は、前方へ視線を向けながら短く返事をする。

亜嵐さんにも聞こえそうなほど、こんなに心臓がドクドクと暴れるのは初めてで、手も震えてくる。

「亜嵐さん、私たち……婚約解消しませんか？」

運転中の彼は赤信号でブレーキをかけ、助手席の私へゆっくり顔を向けた。その表情は驚いたというより、眉根を寄せて怒りを抑えているように見える。

どうしてそんな顔をするの……？　私から先に切り出したから……？

「今は話せない。どこかに車を止める」

亜嵐さんは私から前に顔を動かし、青信号でアクセルを踏んだ。

しばらくすると、見慣れた都会のビル群を走っているのに気づく。

「亜嵐さん、カフェで話を……」

「いや、自宅へ行く」

すぐそこに亜嵐さんの住まいのあるレジデンスが視界に入ってきた。

和歌子さんが亡くなってから一度も足を運んでいなかったので、広い玄関に立った途端、いつも優しく出迎えてくれたのを思い出して目頭が熱くなった。

今にもキッチンから出てきて『一葉ちゃん、いらっしゃい。待っていたのよ』と言ってくれるのではないかと錯覚してしまいそうだ。

「ソファで話そう」

自宅へ行くと言ったっきり無言だった亜嵐さんに、座るように示される。

いつも座っていた場所、三人掛けの端に腰を下ろすと、斜め横の和歌子さんの定位置だったひとり掛けのソファに亜嵐さんが座る。

「花音さんは？」

出かけているのだろうか。話している最中に帰宅して気まずい思いをしたくないので尋ねる。

「隣のホテルに滞在している。それより一葉ちゃん、婚約解消なんて突然どうしたんだ？」

「だって、もう和歌子さんはいないから……」

「君は、祖母が亡くなったから約束を反故《ほご》にしていいと？　俺を好きじゃない？」

亜嵐さんは開いた両脚に腕をのせて、私の方へ少し身を傾ける。

「す……好きですっ。でも、もともと私と亜嵐さんは違いすぎるし、今だって一緒に出かけはするものの並んで歩くだけで、触れるのは道で危ないときに腕を掴むくらい。そんなの婚約者って感じじゃないし」

「俺を煽《あお》っているのか？」

「えっ⁉」

意味がわからなくてキョトンとなると、亜嵐さんの手が私の腕を掴み、自分の方へ引き寄せた。

「きゃっ！」

力強く引っ張られ、気づくと私は亜嵐さんの膝の上に横向きに座らされていた。

「ど、どうして……？」

「俺が君に触れるのをどれだけ我慢していたかわかる？」

亜嵐さんは身長があるので、私が彼の膝に座っても目線は少し上なだけ。

彼の大きな手のひらが、私の首の横から後頭部にあてられた。

「あ、亜嵐さん？」

「はっきり言う。俺は一葉ちゃんに触れたい思いを抑えていた」

美麗な顔が近く、先ほどまで不安で速まっていた鼓動は、今になって緊張のドキドキに変わっている。

「私に触れたい気持ちを？」

「そうだ。そんなに確認したいのか？　大人をからかう悪い子だな」

いつもは爽やかな亜嵐さんの雰囲気が、今は違う。妖艶に微笑み、私の後頭部に置いた手を自分の方へ動かした。

次の瞬間、亜嵐さんの唇が私の唇に重なった。

ええっ……！

ファーストキス。ドラマや映画、友達の話では目を閉じているのに、私は驚いて大きく見開いている。

優しく唇を食《は》むようにして重ねた亜嵐さんは、ほんの少しだけ顔を離した。

「そんなに驚くことか？」

「も、もちろんです……」

でも、ただ触れたかっただけ？

愛しているとは亜嵐さんは言ってないから、キスされたからといって喜べない。

気持ちが落ちていき、視線を自分の膝へ移す。

「一葉ちゃん、一葉？　俺を見て」

彼の口から自分の名前が呼び捨てにされ、胸の奥がキュンとなる。

私の顎に亜嵐さんの長い指がかかり、目と目を合わせられた。

「俺がこんなにも一葉を大事にしていたのが、わからなかったのか？」

「それは……和歌子さんのためじゃ……」

「一葉が未成年だからだ。婚約者でも成人するまでは手を出せない。祖母のためではなく、一葉のためだ。よく聞いて。一葉、君を愛している」

頬にかかる髪の毛を優しく払い、亜嵐さんは麗しく笑みを浮かべる。

「わ、私を愛している？」

「そんなに不思議か？　祖母の計画は来日する一年前からで、君のおばあ様から写真を送られてきたのが発端だ。屈託なく笑っている君の写真に惹かれた。だから祖母の驚くような話も受け入れた」

来日する一年も前から……。

「この一年間、一葉だけを見てきた。祖母への気持ちや、優しさ、俺を気遣ってくれる一葉が愛おしい」

亜嵐さんは私の背に腕を置いて抱きしめた。

「一葉、君が俺に抱いている気持ちは〝好き〟だけか？」

亜嵐さんの腕の中で頭を左右に振る。

「愛しています。このリビングに姿を見せたときから、信じられないくらい素敵で、男気があって。亜嵐さんに比べたら私なんて子どもで……だからこそ、ずっとふさわしくないって思っていたんです」

「そんなこと思わなくていい。突然婚約解消したいと言ったのは、花音のせいじゃないか？」

彼女の言葉を思い出したが、唇を引きしめて首を横に振る。

「花音か……」

「違いますっ」

亜嵐さんの断定に言葉を強くするも、頬を軽くつままれた。

「一葉は嘘が苦手なんだな。すぐにわかる。花音は祖母の葬儀の前にも別れた方がいいと俺に進言したから。ああ、あのときだ。ハンカチを棺に入れたいと」

「ごめんなさい。亜嵐さんを捜していたら、声が聞こえてきて。でもイタリア語だからなぜ花音さんが怒っていたのかわからなくて」

髪をなでられるのがとても心地いい。ううん、亜嵐さんに触れられているだけで、ふわふわする。

「忙しかったせいで、後で話すつもりができず一葉に迷惑をかけた。すまない。花音は、俺が祖母の願いのためだけに君と婚約したと思い込んでいるんだ。ちゃんと話をする」

「……花音さんは亜嵐さんを思って言ったんです。あなたは今まで自分を犠牲にしてきたと」

「自分を犠牲に？　そんなつもりはないが」

亜嵐さんにはわからないみたいだ。

「一葉、こうして君に触れたが、愛し合うのは二十歳になるまで待つ」

「亜嵐さん……」

彼はもう一度私を抱きしめ、当惑する私の唇にキスを落とした。

翌朝、目が覚めても幸せな気持ちが続いていて、日曜日だというのに珍しく五時に起きた。

今日亜嵐さんは神戸《こうべ》にある店舗へ出張しなければならなくて会えないが、寝ているのがもったいないほどいい気分で、ウォーキングをしようと思い立った。

『愛し合うのは二十歳になるまで待つ』

約半年後、亜嵐さんに綺麗だと言われるように自分磨きをしなきゃね。

Tシャツと綿のパンツを着て、ランニングができるようにスニーカーで外へ出る。

普段運動はほとんどしないから、すぐにウォーキングになるだろう。

早朝はまだ暑くなく、これなら少し遠くまで行けそうだ。

自宅から飯田橋方面へ向かい、恋愛を成就させてくれることで有名な神社を通って、皇居のお堀の千鳥ヶ淵《ちどりがふち》で少し休憩する。

千鳥ヶ淵は春にはたくさんの桜が咲き、その頃は花見客でいっぱいになる。

柵に寄りかかり、途中の自販機で購入した五百ミリリットルのペットボトルの水を飲み干した途端、汗が滝のように流れる。

「デトックスしているって感じ。もうすぐ七時か、帰ろう」

ポケットに入っていたタオルハンカチで汗を拭き、再び歩き出した。

家に着いたのは八時前で、玄関でスニーカーを脱いでいると母がリビングから顔を覗かせる。

「まだ寝ていると思ったわ。びっしょりじゃない」

「ランニングしてきたの。ほぼ歩いたんだけど」

「運動だなんて珍しいわね」

母に冷やかされて、もっともらしい理由を考える。

「毎回、亜嵐さんにおいしいものをごちそうしてもらうから、少し運動しなきゃって思って」

実は半年後のスタイルを気にしてなんて言えない。

「シャワー浴びてくるね」

一度、二階の部屋へ行き、着替えを持って浴室に入った。

花音さんから電話をもらったのは火曜日の夜だった。

《一葉さん、先日は余計なことを頼んでごめんなさい。亜嵐の気持ちを聞いて、あんな話をしてしまい後悔したわ》

「私は花音さんに感謝しています。だから謝らないでください」

花音さんのおかげで、亜嵐さんの気持ちを知られたのだ。そうでなければまだ悶々としていただろう。

《優しいのね。もっと一葉さんと会って出かけたかったけれど、明日パリへ戻るの》

「もう……」

よく和歌子さんが、花音さんと仲よくなってほしいと言っていたのを思い出す。

《一葉さん、パリへ遊びにきてね。たくさん案内するから》

「ありがとうございます」

《亜嵐から私のアドレスを教えてもらって。メッセージを送ってくれるとうれしいわ》

「はい。花音さんもまたこちらに来てくださいね。お母様にもよろしくお伝えください」

《ええ。伝えておくわね。じゃあ》

通話が終了して、スマホを枕もとに置く。

和歌子さん、次回は花音さんと仲よくお出かけしますね。

気持ちを確かめ合った日から、よりいっそう亜嵐さんを愛する気持ちが深まっていった。

ふたりきりの際には軽く触れ合うようなキスをして、彼は「このままじゃ一葉の誕生日まで生殺しの気分だ」と言う。

婚約しているのだからその先だってと思うけれど、亜嵐さんは守り通すつもりだ。

幸せな日々を過ごし、冬が訪れ大晦日。家業のかき入れ時で、私と弟は八時から二十一時まで少しの休憩だけで働きづめだった。

亜嵐さんは私とクリスマスを過ごした後、イタリアへ出張している。帰国は一月十五日。半月以上も会えないのは寂しいけれど、ひとりで過ごすおじい様を気遣い家族が集まるので、仕事も兼ねて飛んだのだ。

最近私はイタリア語の教室に通い始めた。和歌子さんから挨拶や物の名前などを教わってはいたけれど、少しでも会話ができるようになって、もっと亜嵐さんや家族のみんなと仲よくなりたいと思っている。

二月。大学が春休みに入り、亜嵐さんの休日にはレジデンスのキッチンで母に習った料理を作り、彼に食べてもらうようになっていた。

亜嵐さんは作ったものはなんでもおいしいと言って食べてくれるが、好きなのは煮物と、育った環境や容姿から見て全然違うのが意外だった。

好きと言われれば、いろいろな煮物を作ってあげたくなり、レジデンスで食事をするときはイタリアンのときも必ず煮物をテーブルに並べた。

四、愛される幸せ

二十歳の誕生日当日の土曜日。

横浜《よこはま》でデートして、夜はホテル専用のクルーズ船で豪華なフレンチ料理を堪能しながら、大観覧車や赤レンガ倉庫などみなとみらいの運河を遊覧するという。

ホテルにチェックインしたのちクルーズ船に乗り込み、レストランフロアに足を踏み入れた私は、綺麗に咲いた花々や風船などが飾られ、夢のような誕生日のお祝い装飾に目を丸くした。

「こんなすごい船に私と亜嵐さんだけ……？」

ほかにお客様の姿はなく、いるのは数人のスタッフだけだ。

「ああ。一葉の二十歳の誕生日祝いは記憶に残るものにしたかったんだ。一葉、誕生日おめでとう」

すかさず真紅のバラの花束を持ったスタッフが近づいてきて、亜嵐さんに手渡す。

去年の約束通り、今年はきっと二十本のバラ。

「亜嵐さん、ありがとうございます」

彼から差し出された花束を受け取り、最高にうれしくて満面の笑みを浮かべる。

去年の誕生日は亜嵐さんに愛されているとは思ってもみなくて、複雑な気持ちでお祝いをしてもらった。

でも、今日の誕生日は亜嵐さんから愛されている自覚があって、幸せいっぱいだ。

ただ、この後に起こることで緊張感にも包まれていた。

席に着き、隣の椅子に花束を置いてあらためてテーブルを見ると、純白のテーブルクロスの上にロウソクが灯り、花があしらわれていてロマンチックだ。

「とても素敵です」

「二十歳は人生においても、もちろん俺たちにとっても特別な年だ。シャンパンで乾杯しよう」

スタッフが私たちのグラスにシャンパンを注ぎ入れる。

アルコールを飲むのは正月のお屠蘇《とそ》以外初めての経験だ。先が細くなった背の高い円錐形のグラスに入った金色の液体は、見入ってしまいそうなほどキラキラしていて美しい。

「一葉、二十歳の誕生日おめでとう。素敵な年を過ごして。そのために俺も努力は怠らないつもりだ」

三十歳の彼は、出会った頃よりさらに精悍さが増し、大人の魅力があふれて輝いてみえる。

「亜嵐さん、ありがとうございます。お礼ばかり言っているけど、感謝の気持ちをどう伝えたらいいかわからなくて」

グラスを掲げて乾杯し、私たちはシャンパンを口にする。

初めて飲むお酒は、口の中でぶどうのような豊潤な香りをさせ、喉に通すとかぁっと熱を帯びて胃の中へ落ちていく。お酒に慣れていない私を気遣って亜嵐さんが炭酸水も頼んでくれたので、お酒は少しずつ飲もう。

亜嵐さんみたいな大人な男性に愛されている私は幸せ者だ。引き合わせてくれた和歌子さんと祖母には、感謝しかない。

優しい笑顔の和歌子さんが脳裏に浮かび、目頭が熱くなって瞳が潤んでくる。

「どうしたんだ？」

口もとを緩ませていた亜嵐さんは、私の様子に気づくとサッと表情を変え、心配そうに尋ねる。

「亜嵐さんとの縁を取り持ってくれた和歌子さんを思い出して……」

「祖母を亡くしたのはいまだに悲しみに襲われるが、彼女は幸せだったんだ。祖母は若い頃に読んだ小説がきっかけで、俺たちを結婚させたいと思ったと言っていただろう?」

私はコクッとうなずく。

「実はそれは祖母自身が書いた処女作だったんだ。恥ずかしくて言えなかったらしい」

「え? 和歌子さんが作家……?」

「祖母は祖父と結婚した後、数冊本を出した。初めての書籍が親友の子ども同士を結婚させるという話で」

「だから私たちの結婚に思い入れが強かったんですね?」

「そうだろうな。食べながら祖母の話をしようか」

かぼちゃのスープが運ばれてきて、亜嵐さんは食事をするように促す。

「祖母が嫁いだのはイタリアの西部にあるフェラーラという街にある貴族の長男で、十年ほどは慣れない土地やしきたりで大変だったようだ。祖母は本が好きで、ある日自分で書けるのではないかと思い立ったらしい」

え……? 和歌子さんが嫁いだ先は貴族だったの?

亜嵐さんの話はどこかファンタジックに聞こえる。だけど、事実あったこと。

「執筆した祖母がローマの出版社に原稿を出すと、評価されて書籍になったんだ」

「和歌子さんが書かれた本、気になります」

彼は麗しく笑みを浮かべる。

「一冊だけ家にある。ただ、イタリア語だから読むのは難しいな」

「辞書を引いても……？」

「勉強にもなるからゆっくり翻訳機を使って読むといい。後でプレゼントするよ」

「え？　大事な本ですから、お借りするだけで充分です」

亜嵐さんは首を左右にゆっくり振る。

「祖母は一葉に渡すつもりだったんだ。だから受け取ってほしい」

「和歌子さん……」

また涙が出てきそうで、運ばれてきていたおしゃれな魚介類の前菜を急いで口にする。

酸味の効いたソースがかかった前菜を咀嚼していると、さっき質問しようとしたのを思い出す。

「亜嵐さん、和歌子さんが貴族の長男に嫁いだって」

「ああ。今では貴族制度は廃止になっているから違うが、城は所有している」

お城っ⁉

私は開いた口が塞がらない。

亜嵐さんはおかしそうに「クッ」と笑い、食べるように勧める。

「そんなすごい家系だったなんて、両親が聞いたら腰を抜かしそうです」

祖母はひと言も匂わせなかったから、和歌子さんが話していなかったに違いない。

「気後れする必要はないよ。城は兄が継ぐし、俺は日本で暮らす心づもりだ」

花音さんの会話を思い出す。

亜嵐さんは家族や会社のために尽くしているのに、継ぐのは長男の豪さんだと。

お城を持ち外国暮らしなんて次元の違う話で、亜嵐さんが日本で暮らす心づもりだと言ってくれて安堵する。

メイン料理からデザートまで、外のライトアップされた景色を見ながら思う存分楽しんだ。

クルーズ船を降りて、今晩宿泊する高級ホテルのロイヤルスイートルームに戻ってきた。

わが家の一階と二階を合わせても足りないくらいの広いラグジュアリーな部屋に、ハイブランドの箱が大小数えきれないほど積まれていた。

大学生の私でもわかる有名なブランドの箱の数々に、目を丸くする。

「亜嵐さん？　これは……？」

このスイートルームのオブジェなのだろうか。雑誌に載っているブランドの企画ページのようだ。

「誕生日プレゼントだ」

「で、でも、クルーズ船の貸しきりのディナーや、こんなに綺麗な花束も……」

「一葉、素直に喜んでもらえればうれしい」

亜嵐さんは私が抱えていた花束をすぐ近くのテーブルの上に置く。

「なにからなにまでありがとうございます。すごくうれしい……」

ドキドキして一歩亜嵐さんに近づく脚も震えているが、彼に歩を進めて抱きついた。

「俺は一葉を甘やかしたいんだ。喜ぶ顔を見たい」

亜嵐さんの長い指が、肩甲骨ほどの長さの髪を優しく梳くように行き来する。

「私も亜嵐さんの笑顔が大好きです」

甘く微笑みを浮かべた亜嵐さんは私の顎を指でそっと持ち上げ、唇を重ねる。

彼のキスには免疫ができている。キスのたびに物足りないくらいだった。でも、今のキスはいつもと違っていた。

亜嵐さんの舌が歯列を割って、上顎をなぞり、私の舌に絡ませる。

「んっ、ふ……」

この先を考えると、心臓は痛いくらいに激しさを増す。

でも、このときを私は待っていた。

亜嵐さんに愛される日を。

私をお姫様だっこした亜嵐さんは部屋を横切り、ベッドルームへ向かうようだ。

「やっと俺のものになる」

彼の腕の中で、コクッとうなずくのが精いっぱいだ。

広さのあるベッドの上に、亜嵐さんは私をまるで壊れ物のように静かに寝かせる。

そして私を組み敷くようにして見下ろした。

彼を取り巻く空気がいつもと違う。

亜嵐さんは存分に男の色香を漂わせていて、私はぼうっと彼を見つめるばかりだ。

「どうした？」

スーツのジャケットを脱いで、ベッドの足もとにあるフットベンチの方へ放る。

「亜嵐さんの色気がだだ漏れで……」

正直に口にすると、彼はふっと笑みを漏らしネクタイを緩め、ベストを脱いだ。

「一葉は清らかで、俺に汚されるのかと思うとこれでいいのかと自問してしまうよ」

「そんなこと思わないでいいです。私は亜嵐さんに愛されたいです」

そう言ってから、恥ずかしくて顔が熱くなる。

「そんなにかわいいと困るな。抑えられなくなる」

亜嵐さんの顔が近づいてきて、唇にやわらかい感触が触れる。何度も角度を変えながら唇が重ねられ、彼の手がワンピースの前ボタンをはずしていく。

その間にも口腔内へ忍び込んだ舌が私の舌を追う。

「ん、んっ……」

亜嵐さんの唇に食べられてしまいそうなほどの淫猥《いんわい》な動きに、体が熱く疼《うず》き始めている。

「そう、もっと舌を絡めて」

夢中になって亜嵐さんの舌を追い求めているうちに、ワンピースの前がはだけ腕が引き抜かれ、純白のレースが施されたブラジャーがあらわになった。

恥ずかしくなって隠そうとする私の手が阻まれる。

「あ、亜嵐さんっ」

「胸もとまで赤く色づき始めている。綺麗だ。恥ずかしがる必要なんてない」

そう、まだブラジャーなのだ。でもはずされたら……。

ワイシャツを脱いだ亜嵐さんの体は、綺麗に筋肉がついていてとても美しい。男らしい腕で抱きしめられ、彼の唇が首筋から喉もとを這って、ブラジャーから覗く胸の膨らみをなめるようにしてから吸いつく。

「ああ、んっ……」

胸を締めつけていたものがふっとなくなり、亜嵐さんの大きな手のひらで膨らみが持ち上げられる。

指や唇で、尖《とが》りを見せる頂《いただき》や膨らみが舐《ねぶ》られていく。

愛する人に触れられるのはこんなに気持ちがいいのだと、羞恥心に駆られながらも、彼から施される愛撫に夢中になった。

私は亜嵐さんのもの。

「一葉、愛している」

熱を帯びた眼差《まなざ》しで見つめられ、形のいい口から紡がれる愛の言葉。

「んっ、私も……愛してます」

亜嵐さんはあますことなく体を愛撫し、初体験の痛みが少しでも和らぐように、甘く淫らな世界に私を引き込んでいった。

亜嵐さんと結ばれた日から、いっそう私は幸せに包まれて楽しい日々を過ごしている。

春休みが終了する前、午前中に真美と飯田橋にある恋愛成就で有名な神社へやって来た。というのも、真美が半年間付き合った彼と別れ、新しい出会いを求めてお参りに行きたいと誘われたのだ。

私はその神社の前を通過するだけで祈願したことはないが、真美は事あるごとに足を運んでいるらしい。

神社の中へ入ると、同年代の女性のグループが目立っていた。その列に並び、順番が来て賽銭箱の前に真美と並んで立つ。私は手を合わせながら、亜嵐さんと出会えた幸せを感謝した。

「ちょっと書いてくる」

真美が指さした方向に、祈願する短冊のようなものが台に置かれていて、数人がなにかをしたためている。

「あ、一葉は祈願しなくていいの？」

「え？　なにを？」

順風満帆の私はなにも考えつかない。

「だって、亜嵐さんとのことしかないでしょ」

「大丈夫。うまくいってるから」

「うまく？　ってことは……あ！　そうか！　ちょっとやだ、言ってよ！」

真美はようやく把握したようで、両手をパチンと打った。先日誕生日のお祝いで真美はケーキをごちそうしてくれたけれど、彼と別れたばかりで落ち込んでいて、亜嵐さんとのことは言い出せずにいた。

「もうっ、後でちゃんと教えてよね」

私が苦笑いを浮かべながらうなずくのを見て、彼女は台の方へ行った。

神社から神楽坂へ戻り、人気のスープカレーのお店へ入った。大きな骨付きのチキンと二十品目の野菜が食べられる。

数種類のランチメニューの中からオーダーして、料理がくるのを待つ間、真美に急かされて横浜で亜嵐さんと過ごした日についてかいつまんで話した。

「……スケールが違いすぎる」

彼女があぜんとしているのは、クルーズ船を貸しきりにした話だ。

「うん……そうだよね」

「はぁぁ～、一葉がうらやましすぎる。それにあのブランドをいくつプレゼントされたって？」

「え……っと、十個……かな」

シーン別にバッグを三個、財布、スニーカーとパンプス、リングにネックレス、ピアスまで。バッグの持ち手に巻く細いシルエットのスカーフなどもあって、とても豪華な誕生日プレゼントだった。

普段使うのは財布のみにして、ほかは彼の前でだけにしている。大学生活には必要はないから。

その後、和歌子さんの書籍もプレゼントされて、今のところ翻訳機を使い冒頭の二ページを読んだ。

「なんて甘い婚約者なのっ。めちゃくちゃイケメンだし、一葉は前世で徳を積んだのね」

「徳を積んだって……」

真美の言い方がおかしくて笑う。

「だって、フォンターナ・モビーレの日本支社長夫人になるのよ？　セレブよ。一生お金に困らない生活ができるなんてうらやましいもの」

「私は亜嵐さんがどんな仕事をしていてもいいの。お金だって普通に生活できれば」

「一葉ったら、欲のないところは小さい頃から変わらないね。いつもおやつをもらうと半分以上友達にあげていたでしょ。私は欲深いからダメなのかな」

そんな幼少期の話を持ち出す真美に、私は声を出して笑った。


真美の言葉通り私は本当に幸せで、ふとしたときに、なにか嫌なことが起こらないか心配に駆られるほどだ。

そんな思いを抱きながらデートを重ね、亜嵐さんに愛される日々が続いた。そして二十一歳になる誕生日の三日前、珍しく亜嵐さんが平日の午後に仕事の休みが取れたというので、春休み中の私はアルバイトの後に彼の家へ向かった。

レジデンスのソファに並んで座り、イタリア語を習う。

「なかなか発音がいい」

「本当ですか？」

「ああ。一葉がイタリア語に興味を持ってくれてうれしいよ」

もう少し経ったら食事に出ようと計画を立てていたとき、彼のスマホが鳴った。

電話に出た彼の顔から見る見るうちに血の気が引いていき、私は背筋に寒気を覚えながら見つめた。

早口のイタリア語で内容はわからないけれど、亜嵐さんの表情からして悪いことに違いないと確信した。

通話を切った彼は、電話の内容を私に説明する。

現在ハンガリーにいる豪さんが事故に遭ったという。

数日後に開催されるＦ１レースの試運転時、豪さんの乗ったＦ１カーが制御不能になり、壁に激突したのだ。

燃え盛る車から豪さんは救い出され、病院へ救急搬送されたらしい。

「一葉、すまない。これからフライトの手配がつき次第、行ってくる。たしか夜便にヨーロッパへのフライトがある」

「もちろんです。気をつけて行ってきてください。時間があったらフライト情報をメッセージで送ってください。あと、様子も。お兄様が軽症だといいのですが……」

ソファから立ち上がり、そばにあったバッグとコートを手にする。

「ああ。ありがとう。貸して」

亜嵐さんはコートを羽織らせてくれ、ぎゅっと抱きしめられた私はレジデンスを後にした。

電車に乗り少しして、亜嵐さんからスマホにメッセージが送られてきた。

【二十時二十分発のフライトで飛ぶ。二カ所の経由があるが、それが一番早く着く。また連絡するよ。送れずに済まない。気をつけて帰るんだよ】

亜嵐さんの心境を考えると、胸が痛くなる。

これから出国の準備で忙しいだろう。

私は簡単に返事を打って、スマホをバッグにしまった。

「ただいま」

家に着いたのは十八時で、母がキッチンで夕食の準備をしていた。珍しく翔がソファに寝そべっている。

「あれ？　姉ちゃん、今日は亜嵐さんとデートじゃなかったのか？」

むくっと体を起こして冷やかしの目を向けてくる。

「まあね。亜嵐さんに急遽用事ができちゃって。お母さん、私の分あるかな？」

そっけなく言って翔から離れ、キッチンに入る。味噌汁や煮物の匂いがした。

「大丈夫よ。急に用事ができて帰ってきたなんて初めてじゃない？」

「うん。実は亜嵐さんのお兄様が、試運転中に事故に遭ったって連絡が入って。今夜ハンガリーに飛ぶの」

「まあ！　それは大変じゃない」

母は包丁を持つ手を止めて、私へ顔を向ける。

「そうなの。救急搬送されたって。お兄様も心配だけど、亜嵐さんも心配……。私にできるのは連絡を待つだけで、なんか落ち着かないの」

「それはそうよ。いずれ家族になるんだから。今は考えてもどうにもならないわね。とりあえず手を洗ってきなさい」

「はい」

母に促されて奥の洗面所へ足を運んだ。

亜嵐さんから連絡があったのは二日後の就寝前だった。

連絡が遅くなってすまないと言ってくれたけれど、フライト移動にかなりの時間を要して、さらにお兄様の件で忙しいのに、私への電話を忘れなかった彼に申し訳ない気持ちになった。

お兄様は火傷と脳挫傷、複数の骨折もあり、意識が戻っていないそうだ。

連絡を待つ間、居ても立ってもいられなくてインターネットで検索したが、容態について詳細に書かれた記事はなかった。所属チームや亜嵐さんがなにかしらの手を打ったのかもしれない。

お兄様のひどい状態を聞いて私は言葉を失った。

《一葉、大丈夫か？》

「あ、うん……なんて言ったらいいのか……」

《君の気持ちは充分わかっている。主治医と相談して、動かせるようになったらミラノの病院へ転院させる予定だ。仕事もあるから、二日後本社へ行ってくる。帰国は……いつになるか、まだはっきり言えない》

電話の向こうの亜嵐さんは言い淀む。

和歌子さんのときはかなり前から覚悟していたようだったから、動揺していなかったように見受けられたが、今回は予測できない事態で狼狽する様子が伝わってくる。

「はっきりわからなくてもいいです。今はご家族とお仕事を考えてください」

亜嵐さんに会えなくて寂しい。でもそれを口にしたら、優しい亜嵐さんを困らせる。

《ありがとう。明日が二十一歳の誕生日なのに、祝えなくてすまない。戻ったらお祝いしよう》

「はいっ、気にしないでください。では、お兄様が目を覚ますように祈っています」

忙しい亜嵐さんの時間を取らせないように、私から話を終わらせて通話を切った。

スマホをベッドの枕の横に置いて、ゴロンと仰向けになる。

大変だな……亜嵐さん。私がなにか手伝えたらいいのに……。


婚約してからずっと亜嵐さんに合わせて生活していたので、大学に通学していると きならまだしも、春休みの今は家業のアルバイト以外とくに予定がなく、週二回のイタリア語教室に通うくらいだ。

翌日、アルバイトを終わらせて自宅へ戻ると、祖母が目尻を下げながらバラの花束を抱えて玄関に現れた。

「亜嵐さんから花束が届いているよ」

「え……亜嵐さんから……」

忙殺されているのに、手配をしてくれたんだ。

手渡された花束を受け取り言葉も出ずに抱きしめていると、祖母が声を出して笑う。

「おや、感激しているのかい。お兄さんの事故で大変なのに、誕生日まで気にかけてくれるなんて、本当にいい男だよ」

「……うん。上で亜嵐さんに送る写真撮ったら花瓶に入れるね」

「ああ。そうしなさい」

祖母はニコニコして自分の部屋へ去っていく。

和歌子さんが亡くなって一年半以上が経ち、祖母はようやく元気を取り戻しつつある。最近はときどき町内の友達と、気晴らしにお茶やカラオケに行って楽しんでいるようだ。

二階の自室で花束の写真を撮って、届いたお礼をスマホの彼宛てのメッセージに打ち込み、画像とともに送る。

二日後に亜嵐さんからメッセージがきた。

【一葉、二十一歳おめでとう。花の写真だけじゃ寂しいな。一葉の顔が見たい】

そう書かれてあって、胸がキュンと切なくなった。

返事を期待していたわけじゃないけど、すぐにもらえなくて落ち込んでいた。でもこのメッセージに、私の心が浮き立つ。

亜嵐さんに無性に会いたくて声が聞きたかった。

彼から次にメッセージがきたのはその日から一週間後。

ハンガリーの首都ブダペストの病院と、ミラノの本社を行き来していると書かれていた。

お兄様のもとにはお母様と花音さんもいるらしい。それを知ってホッとした。亜嵐さんは仕事を放り出せないから、ふたりが看病していれば負担が軽減されるだろう。

亜嵐さんも体に気をつけてくださいと、メッセージを送った。


明日から四月。

私は大学四年生になる。亜嵐さんを支えられる妻になろうと、家族や彼とも相談して決めたので、就職活動はしていない。

四年生の最終学年では、単位を取ったらほとんど大学へ行かなくなる。その時期を利用してイタリア語はもちろん、料理教室にも通うつもりで探していた。

新学期が始まって二日後の夜、亜嵐さんから電話がかかってきた。久しぶりの彼の声に、うれしくて口もとが緩んでくる。

《一葉、連絡ができなくてすまなかった》

「亜嵐さん、謝らないでください。今は大変なんですから、私よりもお兄様を」

《本当に君はかわいい。愛している。早く会いたいよ》

亜嵐さんの甘い言葉が耳をくすぐる。

《明日、ミラノからそっちへ向かうが、羽田到着は明後日の十八時過ぎになる》
「本当ですかっ！」
思いがけない吉報に、ベッドに座っていた私はすっくと立った。
亜嵐さんが帰ってくる！
スマホを耳にあてる顔に笑みがこぼれる。
《ああ。だが、緊急の仕事を片づけたらまたミラノへ戻らなくてはならないんだ》
喜んだのもつかの間、気持ちがどんと落とされた。
「また……そっちへ……」
つい沈んだ声を出してしまい、慌てて口を開く。
「仕方ないです！　お兄様の病状は……？」
《まだ意識を取り戻していないんだ。それでブダペストの病院からミラノの病院へ移す手はずになったんだ》
「移動は大変そうですが」
《ああ。主治医と看護師に同行してもらい、細心の注意を払って車と列車で移動させるんだ》
国を移動するなんて、大がかりになりそうだと想像できる。

「ミラノのお医者さまに診ていただければ、病状はよくなるんですか……？」

そう願わずにはいられない。

《どうかな……このまま意識を取り戻さなければ、最悪を覚悟しなければならなくなるんだ》

驚きで、私の喉の奥からひゅっと息を吸い込む音がした。

「そんな……」

《一葉、あまり考えすぎないように。じゃあ、また連絡する》

「はい」

通話が切れ、私の口から重いため息が漏れる。

これは一時的な帰国。日本支社の緊急の仕事をこなさなくてはならないのだから、会えるかどうか……。そしてお兄様の移動に合わせて亜嵐さんは再び向かうのだ。

寂しいけれど、家族の一大事だから優先しなければならない。

亜嵐さんの帰国日。朝から浮き立つ気持ちが続き、空港へ行くつもりではなかったのに、気づけば夕方になると出かける準備をしていた。

顔を見て帰るだけ。そう自分に言い聞かせ続ける。

電車を乗り継いで、羽田空港の到着ロビーに着いたのは十八時。

顔だけ見たいからと、亜嵐さんのスマホにメッセージを送った。

到着した時点で気づいてくれますように。

フライト情報の掲示板で、亜嵐さんの乗った旅客機が十分早く無事に到着したのを確認した。

それから五分ほどが経ち、亜嵐さんからメッセージが入った。

【一葉、来てくれたのか。ありがとう。あと十分ほどで会える】

亜嵐さん……。

メッセージを見てくれたことがうれしくて、胸をなで下ろす。

待っている間、胸の高鳴りはやまずに落ち着かない。

フライトから降りてきた人々がちらほら出てきて、固唾をのんで見つめていた私の目に、颯爽と歩く亜嵐さんが映った。

亜嵐さんも私を認めて、口もとに笑みを浮かべて近づいてきた。

「一葉！」

彼はキャリーケースを持っていない。手にしているのは黒革のビジネスバッグに小さなショッパーバッグという、海外から戻ってきたようには見えないくらい身軽だ。

きちんとスーツを着こなした亜嵐さんに、胸がドキドキ暴れてくる。

「おかえりなさい」

亜嵐さんは人目もはばからず私を抱きしめた。彼は外国で育ったからあたり前でも、私は人前で抱きしめられるのは初めてで、顔から火が出そうなほど恥ずかしい。

「あ、亜嵐さん、人が……」

「俺はかまわないが、一葉の顔が真っ赤だ」

彼は笑いながら私を手放す。

そのとき、私たちの横に誰かが立った。

「支社長、おかえりなさいませ」

ふいに聞こえてきた男性の声に驚いて、肩を跳ねさせた。

「ああ。山下《やました》君、わざわざありがとう。一葉、秘書の山下君だ」

亜嵐さんに紹介され、私は名乗って頭を下げる。

「秘書の山下です」

きちっとお辞儀をする山下さんは、亜嵐さんより年上に見える。髪を七三に分け、中肉中背で、男性の平均的身長だ。

「一葉、すまない。これから会社へ行かなくてはならないんだ。俺を社で降ろした後、

「ううん。顔を見られただけでいいんです。私は電車で帰りますから、亜嵐さんは気にせずに会社へ行ってください」

「そういうわけにはいかない。社に着くまでは一緒にいられる」

そう言われると、そうしたい気持ちに駆られて乗せてもらうことにした。でも、会社に着いたら一緒に降りて、六本木から電車で帰ろう。

空港のパーキングで迎えの車に乗り込む。

制服を着た運転手がおり、助手席に山下さん、広い後部座席には亜嵐さんと私が座った。

「誕生日もちゃんと祝えなくてすまなかったね」

車が走り出して、亜嵐さんが私の方へ体を向けて先ほど持っていたショッパーバッグを手渡す。

「ううん。大変なのにお花を送ってお祝いしてくださいましたよ。これは……？」

「お土産だ」

ショッパーバッグの中にはいくつかの箱が入っている。そのひとつにチョコレートのイラストが描かれたラッピングが見える。

「ありがとうございます。うれしいです」

車は首都高速湾岸線を走っているが、ちょうど混む時間で六本木へ着くのはもうしばらくかかりそうだ。

亜嵐さんは膝の上に置いた私の手を握る。

「新学期が始まっただろう？　四年生だな。そろそろ式場探しもしような」

「はい。あと少し単位を取れば時間に余裕ができます」

「結婚式を挙げる場所は日本じゃなくて海外でもいい。外国で挙げたいのなら、一葉が行きたい国でしょう」

「いいんですか？　実は、ハワイみたいな海辺で挙げるのに憧れていたんです」

「ハワイか。いいな。キラキラ輝く海をバックにしたウエディングドレス姿の一葉は、綺麗だろうな」

き、綺麗……。

治っていた熱が再びやってきて頬に手をやる。そんな私に、亜嵐さんは笑みを漏らした。

「すぐ赤くなるな。薄暗くてもわかる」

亜嵐さんの手が熱を帯びた頬にあてられる。

ふたりだけじゃないので運転手と山下さんが気になり、話を変える。

「あの、お兄様の件でご家族は大丈夫ですか？」

「心配かけてるね。祖父はかなり落ち込んでいるが、母も花音も看病に徹してくれている」

「なにもできなくてごめんなさい」

いずれ家族になる身としては歯がゆいし、申し訳ない気持ちでいっぱいだ。

「一葉の気持ちはわかっているから気にしないでいいんだ」

「亜嵐さん……」

彼にもっと触れたい。

そう思ったとき、車は首都高速湾岸線を降りて幹線道路に合流した。もうすぐ六本木に到着する。

フォンターナ・モビーレ日本支社は、亜嵐さんが住むレジデンスから徒歩十分ほどのところにある複合商業施設の、三十階ワンフロアを占めている。

エントランスに車が止まる。

「神楽坂の彼女の家まで送ってくれ」

亜嵐さんが運転手に指示をするが、私は彼の腕に手を置いて首を左右に振る。

「ひとりで帰ります。そのつもりで来たし。私のわがままなので、帰らせてください」

「一葉……」

うんと頭を縦に振らない彼だ。

「本当に。そうしたいんです」

きっぱり言いきると、ようやく小さなため息を漏らした後、「わかった」と言ってくれた。

「気をつけて帰るんだよ」

「はい。もう十八歳の頃の私じゃないんですから」

亜嵐さんはふっと口もとを緩ませる。

「そうだな。もう大人だ」

そう言いながらも、私の頭に大きな手のひらを置いてポンポンとなでた。

臨海副都心に新しくオープンする高級ホテルのソファを、フォンターナ・モビーレですべて揃えるプロジェクトとのことで、契約にこぎつけるには日本支社長の亜嵐さんがいなくてはならないらしい。

ミラノから帰国後、亜嵐さんは朝から晩まで忙殺された。

日本にいる時間が限られているので、電話でほんの少し話すだけだった。

そして四月の中旬、無事に契約を終わらせた亜嵐さんはミラノへ発った。お兄様の転院の件もあるが、今回の契約で本社の工場もフル稼働させなくてはならないという。

お兄様の事故で、社長であるおじい様の気力が落ちて、フェラーラの城にこもってしまっているそうだ。

亜嵐さんの肩にすべてがのしかかっていて、彼が心配だ。だから余計に理解している婚約者として努めた。

お兄様はミラノの病院に転院し、火傷や骨折もよくなったそうだが、なかなか目覚めてくれない。


亜嵐さんがミラノへ戻ってからもうすぐ二カ月が経つ。

七月初旬、うっとうしい梅雨の夜。亜嵐さんから電話をもらい、お兄様がミラノ郊外の療養所に移されることになったという。

「亜嵐さんの体は平気ですか？」

《ああ、問題ない。もうすぐ夏休みだな。帰国したいのはやまやまだが、まだめどが

立っていないんだ。すまない》

「ふふっ、最近の亜嵐さんは謝ってばかりですよ。私のことは気にせずに、がんばってください。私こそなにもできなくて……」

強がりだった。ここで〝今すぐ会いたい〟などと言っても仕方がないのだ。

《一葉、愛している。会いたい。だが、こっちに来てもらってもひとりにさせると思うと、来てほしいとは言えないんだ》

「うん。わかっています。私も……」

《私も……？　なに？》

耳を亜嵐さんの楽しげな声がくすぐる。

わかりきっているのに、私に言わせたいのね。

「今度会ったときに言いますね」

《なんだ、今度か。わかった。たっぷり伝えてくれ。じゃあ》

笑って通話が切れた。

七時間の時差があるから、向こうはまだ十四時を回ったところだ。平日だから仕事の途中で電話をしてきてくれたのだろう。

私の大学生活最後の夏休みはというと、イタリア語教室を週三回、料理教室とお菓子教室にも通い、家のアルバイトをしながらなのでなかなか忙しい。

料理やお菓子を教えてもらっているときは、常に亜嵐さんに食べてもらうところを思い描いている。

和歌子さんの書籍は、読み進めていくうち自伝小説のように感じ始めていた。

日本人女性がイタリアの貴族と結婚したが、心の中ではいつも日本を思い、親友へと思いを馳せる。その親友は祖母だろう。

小説では子ども同士を結婚させていた。現実では息子同士になってしまい、孫たちを引き合わせたのだ。

なかなか日本へ戻ってこられない亜嵐さんは時折、プレゼントを送ってくれる。

罪悪感があるのだろう。そんなふうに思わないでほしいのに。

亜嵐さんを待つ中、朗報があった。お兄様が昏睡から目を覚ましたのだ。

だが長い時間寝たきりだったので、歩けるようになるかどうか、医師にも確信はないらしい。

寂しい時間を過ごすのは仕方ないと自分に言い聞かせて月日は過ぎていく。

十月の半ば、待ちに待った亜嵐さんが帰国すると連絡があった。

私は飛び上がらんばかりに喜び、数日後の彼の帰国日を待った。

大学の単位は取り終えているので、亜嵐さんの仕事の邪魔にならない程度に会えれば幸せだ。

亜嵐さんの帰国当日、前回のように運転手に送らせるなど彼に気遣わせたくなくて羽田空港へは迎えにいかなかった。

長期間日本支社を留守にしていたので、仕事は山ほどあるだろう。

もう到着した頃かな……。

亜嵐さんが帰国して車に乗った頃を見計らって電話をしようと、ソワソワしている。

三十分ほど経ち、そろそろと思ったところへ亜嵐さんから電話が入った。

「おかえりなさい、亜嵐さん」

《ただいま。会社に向かっているところだ》

彼の魅力的な声が耳をくすぐる。

「うん、おつかれさまです。体調面に気をつけてくださいね」

《ありがとう。次の土曜日は一葉とゆっくりしたい》

亜嵐さんは忙しいのだから私から会う話をしないでいようと思った矢先、彼の言葉に笑みがこぼれる。

「じゃあ、私が食事を作ってもいいですか？」

《一葉の手料理か。楽しみにしている》

「そ、そんなに期待しないでくださいね」

多大な期待に添えるものを作れるかわからない。

そう話すと亜嵐さんは笑い、車が会社近くになるまで他愛のない会話が続いた。


その週の土曜日、食材の買い物を済ませてから亜嵐さんの自宅へ行くつもりだったが、『一緒にスーパーへ行くのもデートだよ』と言われ、わが家に迎えにきてくれた。

十時の待ち合わせ時間に外で亜嵐さんを待っていると、門扉の手前に車が止められ、彼が運転席から出てきた。

「一葉ちゃん、おばあ様はいる？」

「はい。いますが……？」

キョトンとなって首をかしげる私に、亜嵐さんは微笑みを浮かべる。

「ずいぶん会っていないから挨拶をしたい。ご両親は仕事中だろう？」

「はい。おばあちゃん、亜嵐さんに会ったら喜びます」

亜嵐さんは後部座席のドアを開けて、たくさんのショッパーバッグを手にした。

一緒に玄関へ入ったところで、ポットを手に持った祖母とばったり会う。

「おや！　亜嵐さん！」

すぐに表情をうれしそうに和らげた。

「おばあ様、ご無沙汰しております」

「どうぞ上がってちょうだい」

「いえ、元気そうなお顔を見せていただくだけで。これを」

亜嵐さんが手に持っていたショッパーバッグを玄関の上がり框に置く。

「まあ、こんなにたくさん。いつも気を使わせてしまっているね。ありがとうございます。引き留めるのはやめにしないとね。一葉が早くふたりきりになりたいという顔をしている」

「お、おばあちゃん！　そんな顔は……」

からかった祖母は、楽しそうな笑い声を玄関に響かせた。

神楽坂を後にして途中にあるスーパーマーケットの駐車場に車を止め、食材の買い物をする。

亜嵐さんが買い物かごを持ってくれるのは、似合わないというか現実味がないというか、違和感がある。

ふたりで初めて入ったスーパーマーケット。並んで食材を選んでいると、幸せに包まれる。

結婚したら、こんな日常が訪れるのかな……。

買い物を終わらせて亜嵐さんの自宅に着いたのは十一時を回っていた。

夕食はホテルのレストランへ行くので、私が料理をするのは今から。

「亜嵐さん、一時間半はかかってしまうかもしれないんですが……」

「いいよ。仕事をして待ってる」

彼の手が私の髪に触れ、キッチンを離れていった。

料理教室で使っているベビーピンクに大きな黄色の花があしらわれたエプロンをつけて、お米を研ぐところから始めた。

メニューは定番の肉じゃがときんぴらごぼう、鮭となすの南蛮漬け、豆腐の味噌汁。どれもあまれば作り置きおかずになる。

レジデンスはカウンターキッチンなので、顔を上げると、ソファの下にあるラグに座り、ノートパソコンで仕事をしている亜嵐さんの姿が見られる。

カジュアルな水色のセーターとジーンズなのに、パソコン画面を見つめる横顔は有能なビジネスマンだ。

こんなふうに生活できたら素敵だな。あ、早く作らなきゃ。

我に返り亜嵐さんから視線をはずして、ジャガイモを手にした。

約束した時間を五分過ぎて料理ができあがった。

和歌子さんが揃えた食器が素晴らしく、盛った料理がおいしそうに見える。

「亜嵐さん、お待たせしました！」

彼がラグから立ち上がり、こちらへやって来る。

「おいしそうだ。いや、おいしいに違いない」

「味は、どうでしょうか……」

席に着いた亜嵐さんの対面に座り、彼が肉じゃがを口に運ぶのをじっと見つめた。

豚肉と玉ねぎを咀嚼した彼は笑みを浮かべる。

「一葉、とてもおいしいよ。君も食べて」

「本当に？」

私もひと口食べて、いつもよりおいしく感じてホッと安堵した。

「緊張しながら作ったので、味見してもわからなくなって」

亜嵐さんはほかの料理にも箸をつけて満足そうに顔を緩ませる。

「どれも一流レストランのようだよ」

「それは言いすぎですっ」

身を乗り出して首を左右に振る。

「いや、本当だよ。料理上手な奥さんと結婚できるんだから幸せだ」

彼の口から結婚を示唆する言葉が出て、私の顔は熱を帯びた。

食後はソファに並んで座り、栗が丸ごと一個入った大福と緑茶でまったりしていた。

「クスッ。亜嵐さん、ここに粉が」

自分の口の端を指で示すと、亜嵐さんにその腕が掴まれて膝の上にのせられる。

「知ってる。いつ言ってくれるのかと待っていた」

「え？」

キョトンとなる私を、彼は色香を漂わせた眼差しで見つめてくる。

「舌でなめ取って」

「あ、亜嵐さん……」

「一葉に触れたかった。恥ずかしいのなら、俺からキスをするよ」

彼の指が私の下唇をなぞる。

「……私から」

唇に触れられた瞬間から体の奥が疼き始めている。

前回亜嵐さんがハンガリーから帰国したときは、忙しすぎてふたりの時間を持てなかったので、肌を重ねるのはずいぶん久しぶりでドキドキと鼓動が暴れ始めた。

私は亜嵐さんの両頬に手を置いて顔を傾け、唇をそっと重ねる。

何度もキスをして私の体は亜嵐さんに抱き上げられ、寝室へ連れていかれる。

彼の寝室に入るのは初めてだけれど、ベッドの上に優しく横たわらせられると、周りを見る余裕もなく亜嵐さんに翻弄された。

たっぷり愛された後、バスルームに連れていかれ、シャワーの下に立たされる。

温かいお湯が肌を濡らしていき、泡立ったボディソープが亜嵐さんの手で私の肌をすべっていく。

胸のふくらみを、円を書くように手が動き、敏感になった先端部を刺激していく。

「あっ、ああ……ん」

「一葉が恋しかった」

甘い声しか出ない唇を塞がれる。口腔内を探索され、彼の手は胸から下腹部へ下りていく。

亜嵐さんの触れ方はゆったりとして性急なところなんてないが、その手に翻弄され
ている私の脚はがくがくと震え、彼のなめらかな肩にしがみつく。

「んぁあ……あ、亜嵐さんっ、やぁ……」

下腹部をもてあそばれる手から逃れようとすると、私の片脚が持ち上げられた。

直後につながる体。

揺さぶられ激しく求められて、亜嵐さんの眉が寄せられ美麗な顔が少し苦しげにゆ
がむ。

「ん、一葉……」

「あ……らんさ、んっ……あああっ……」

唇が塞がれ、舌を絡ませ合う深いキス。電流が走ったような感覚に襲われ、自ら腰
を動かして乱れる。

湯気が立ち込める中で、自分の体が自分のものでないようでふわふわとしてきて、
全身が甘く痺《しび》れていった。

その日から亜嵐さんは二週間ほど日本に滞在して仕事をし、大学の単位を取り終えて自由な私は彼と濃密で甘い時間を過ごした。

そして再び亜嵐さんは日本を離れ、イタリアの地へ向かった。


亜嵐さんと離れて約二カ月が経とうとしている十二月。

夕食後、キッチンで後片づけをしてから部屋に戻ってきた。

はぁ～食べすぎちゃった……。

亜嵐さんの留守中のうちにダイエットして、次に会ったとき『綺麗になったね』って言われたいのに、食欲が前にも増して旺盛なんだから……。

もう一度ため息を漏らし、イタリア語の教科書を前にまずは亜嵐さんの顔を見ようとスマホの画像フォルダを開く。

しばらく亜嵐さんと撮った写真を見ていると、驚くことに花音さんから電話がかかってきた。それまでにもときどき【元気にしている?】などメッセージをもらってはいたが、電話だったのでびっくりした。

彼女はピアニストの夢をあきらめて、フォンターナ・モビーレに広報担当として入社したと亜嵐さんから聞いていた。

「花音さん、一葉です」

《一葉さん、こんにちは》

声が沈んでいるように聞こえる。

「こんにちは。花音さん、お元気ですか？」

《ええ。突然の電話で驚いたでしょう？　実は一葉さんの耳に入れなきゃと思って電話したの》

「私の耳に入れなければ……？」

花音さんがかけてきたということは、亜嵐さんの件に違いない。

「話してください」

なにを言われるのか心臓がバクバクしてきたが、しっかり聞かなくてはならないと思った。

緊張感に襲われて、唾をゴクリと飲み込む。

《おじい様が、フェラーラの有力者の娘と亜嵐を結婚させようとしているの》

「え⁉」

今、〝結婚〟って言った？　私の聞き間違い……？

《一葉さんと婚約しているのはおじい様だって承知しているわ。でも城には維持費がとてもかかるの。本来ならば有力者の娘、カトリーヌと豪を結婚させる予定だったの》

　まさか、亜嵐さんはお兄様の代わりに？

《でも、豪の今の状態でとてもじゃないけど結婚は……。それに子どもを作る能力が失われたと医師も言っているから、破談は間違いないわ。それで、亜嵐を次期当主にって》

「……亜嵐さんは？」

　バクバクしていた心臓は嫌な音に変わって、ギュッと痛みを覚えた。

　右手を胸で押さえ、頭の中全体にぐわんぐわんと音が鳴り響く。

　意識が飛びそうなところを大きく深呼吸をして、なんとか保つ。

《亜嵐が承知するわけがないわ。でも、カトリーヌは以前から豪より亜嵐が気に入っていたから、頻繁に会社へ顔を出しているの》

「亜嵐さんが承知しないのなら、私は信じます」

《そうもいかないわ。以前私が言ったでしょう？　亜嵐は今までも家族のために自分を押し殺して生きてきたの。城の存続を盾に迫られたら……》

そうだった……。亜嵐さんは自由に生きてきたお兄様とは違って、大学を卒業後フォンターナ・モビーレや家族に心血を注いできたのだ。

《もう大学は冬休みでしょう？　一度こちらに来て亜嵐と話をしたらどうかなと思って。もちろん私は一葉さんの味方よ》

「花音さん……。少し考えさせてください」

心臓が暴れすぎたのか、気分が悪くなってきた。

《ええ。もちろんよ。じゃあ、よく考えてね。亜嵐を愛しているのなら離しちゃダメよ。ちなみに今した話は亜嵐には内緒にしてほしいの。勝手に言ったと知られたらまずいわ》

「はい。内緒に。ありがとうございます」

花音さんとの電話を終わらせて、ベッドに倒れ込む。

私、どうすればいいの……？

なかなか寝つけないながらなんとか睡眠に逃げたが、三時間くらいで目を覚ましてしまった。

時刻はまだ朝の六時を回ったところ。起き出して早すぎるわけじゃないけれど、動く気になれない。

寝不足のせいか体が重く、動くのが億劫で、その日は一日中ダラダラと過ごした。

その夜、亜嵐さんから電話がきた。

スマホの画面に映る〝亜嵐さん〟の文字を見て、一瞬出るかどうか迷った。

しかし着信音が鳴り続けているので、下唇を噛んでからタップした。

「亜嵐さん。おつかれさまです」

もしもこの電話の理由が花音さんの教えてくれた話をするためだとしたら、どうしよう……。

《一葉の声が聞きたくてかけたんだ》

私の心配はどこへやら、彼の声は明るく聞こえた。

「ふふっ、本当に？　だとしたらうれしいです」

花音さんの『亜嵐が承知するわけがないわ』という言葉を思い出した。

亜嵐さんは優しい。でも、優しいから私との婚約解消を言い出せないのかも……。

通話は十分ほどだったが、話しながらもカトリーヌさんのことを尋ねようかずっと迷っていた。だけど、口に出せなかった。

五、夢のようなミラノのクリスマス

花音さんの電話から二週間後、思い立ってミラノ行きのフライトに乗った。

亜嵐さんに会いにいくと家族に話すと、とくに反対されず快く出してくれた。でも、私の決心を知ったら、両親や祖母はなんと言うだろうか……。

ストレスを感じているせいか、最近は急激に眠くなって睡眠を普段より取ったり、食べすぎて気持ち悪くなったりしていた。

家族には帰国してからちゃんと話をすることにして、亜嵐さんのもとへ向かった。

海外旅行は初めてだ。

ガイドブックで羽田空港の出国からミラノ・マルペンサ国際空港の入国まで何度も読み返し、飛行機ではこれからのことを考えてなかなか眠れなかった。

空港からシャトルバスに乗って、なんとかミラノ中央駅前広場近くで降りた。スマホの地図アプリはとても便利で、予約したホテルにも無事にチェックインできた。

キャリーケースを部屋に置いて、外へ出て亜嵐さんのオフィスへ向かう。

ミラノは思った以上に寒くて、吐く息が真っ白だ。

足もとから冷えてくる寒さに、ぶるっと身を震わせる。カーキ色のチェスターコートにジーンズとスニーカー。マスタード色のマフラーはしているが、手袋を日本から持ってくるのを忘れた。あまりの冷たさに顔の前で手をこすり合わせて、「はぁ～」と息を吹きかけるが、暖は取れない。

すでに時刻は十六時近く。日本で調べたとき、十二月中旬のミラノの日没は十六時四十分あたりだったと記憶している。日があるのはあと四十分ほどだ。まだ人通りもあるからそれほど怖くない。でも海外は初めて。言葉も習ったとはいえ、実践するには心もとない。

イタリア語でドゥオモと呼ばれる有名な大聖堂や、その前の広場に設置された大きなクリスマスツリー、そのほかの美しい建造物をゆっくり見たい気持ちにはなれないほど、今の私は緊張感に襲われていた。

亜嵐さんにもう少しで会うと思うと、気持ちが張りつめる。体が重かった。

暗くなる前に亜嵐さんの会社を探さなければならない。

今日、彼がオフィスにいるのは事前に花音さんに確かめてあった。私が訪ねることは内緒にしてもらっている。

緊張と寒さで震える手でコートのポケットからスマホを取り出す。彼の会社の所在地を目標に、画面に映し出される方向へ歩を進めた。

本社は五階建てで一階に店舗を構えており、街に溶け込むような石造りのどっしりとした建物だった。

周りの店舗から比べたらかなり大きいが、家具などを作る工場は別の町にあると以前亜嵐さんが話していたのを思い出す。

このような状況でなければ、亜嵐さんに会ううれしさで心臓が高鳴っていただろう。だけど今は、ここへ来た理由を話さなければならないという憂鬱さに押しつぶされそうで、胸は嫌な感じにバクバクしている。

スマホの地図アプリは彼のいるところへしっかりと導いてくれた。

微かに震える足でガラスの扉を進み、三つ揃いのスーツを決めた男性店員へ近づく。

「ボンジョルノ、シニョリーナ」

にこやかにイタリア語で挨拶をされて、思わず一歩後ずさりする。

亜嵐さんに会うためにはるばる東京からやって来たのに、彼にあと数分で対面すると思うと怖くなった。

私はキュッと下唇を噛んで、気持ちを強く持って口を開いた。

「こんにちは。アラン・イジュウインに会いたいのですが」

たどたどしいイタリア語で彼に面会させてくれと頼む。

イタリア人と日本人のクウォーターの彼はこちらでは伊集院ではなく創始者の姓〝フォンターナ〟と名乗っているかもしれない。もちろんそれも本名だ。

「アラン・フォンターナCEOに?」

男性店員は驚いた顔になった。

やっぱりこちらではフォンターナらしい。それより今、CEOって言った? 亜嵐さんは日本支社長じゃ……。

「はい。カズハ・ミズノが、会いにきたと、伝えてください」

約三年間習ったイタリア語だが、まだまだ片言だ。

「わかりました、確認してみます。お待ちください」

男性店員はわかってくれたようで、奥へ消えていった。

私が必死の形相なのが伝わったからか、すぐに確認してくれるみたいだ。

椅子ひとつとっても百万円クラスの物が展示されている店舗には、いかにもセレブ風の毛皮のコートに身を包んだ女性客がほかの男性店員と話をしている。

私は店の隅で所在なげに先ほどの男性店員が戻ってくるのを待った。

どのくらい経ったただろうか。実際はそれほど待ってはいないのかもしれないが、長く感じる。

ドク、ドク……ドク、ドク……鼓動がこれ以上ないほど大きく打っていた。

そのとき——。

「一葉？」

奥から現れたのは大好きな人で、愛おしさがあふれるのを必死に抑える。

いつもは涼しげな目を、大きく見開き驚いている。次の瞬間、亜嵐さんは大きく手を広げて近づいてくる。

最後に会ったのはふた月ほど前。

亜嵐さんはいつもの通り、誰もが振り返るような色気をまとっている。

抱きしめられる前に、私は二歩後退した。その様子を見た彼の形のいい眉が片方上がる。

「突然ごめんなさい」

「そんなのはいい。どうしたんだ？　ひとりで来たのか？」

溺れたみたいに苦しくなった肺に空気を入れたのち、彼を見つめる。

「亜嵐さん……婚約解消してください」

コートの中に隠すように入れていたショルダーバッグからエンゲージリングの入った小さな箱を取り出して、あぜんとなる彼の手にそれを握らせた。

「……いったいどういうことなんだ？」

驚いている様子だけど、亜嵐さんは冷静な声で私に問う。

黙ったままでいる私の手を彼が掴み、奥へ進む。店のバックヤードへ続くドアを開けるとそこはスタイリッシュなエレベーターホールで、洗練されたデザインのチェストが置かれている。亜嵐さんは来ていたエレベーターに私を乗せようとした。

「アラン！」

そのとき、背後からソプラノ歌手のような通る声が響き、私と亜嵐さんは同時に振り返った。私の目に映ったのは、ブルーフォックスのゴージャスなロングコートに身を包んだ若い女性だ。

若いといっても三十前くらいだろうか。ブロンドの長い髪で彼女の周りの空気感が違うくらい輝いているように見えた。整ったその顔は、外国のファッション雑誌の表紙を飾っていてもおかしくないくらい美しい。

「カトリーヌ、仕事中だ」

亜嵐さんの口から出た名前に、私の目が大きくなった。

彼女がカトリーヌさん……。

その瞬間、自分が妙に子どもっぽくて、亜嵐さんに釣り合わないのを痛感する。

やっぱり婚約解消を申し出たのは正解なのだ。

彼女は不満げに、綺麗に真紅に塗られた唇を曲げる。続けて、亜嵐さんになにやら話しかけた。

ごく普通のスピードなのだろうが、私には〝終わり〟〝食事〟の単語しかわからない。亜嵐さんを食事に誘っているのだろうか。

亜嵐さんは私の腰に腕を回し、カトリーヌさんに言葉を返す。

スピードが速いから、やはり彼の言葉も〝日本〟〝来た〟〝帰る〟だけしか理解できない。

私の三年間のイタリア語レッスンはたいした成果を出せなかったのだと、ちょっと落ち込む。

「一葉、乗って」

彼は私の手を引いてエレベーターに乗り込ませた。

亜嵐さんのカトリーヌさんへの対応は冷たく思えた。でもそれは、私がいる手前そうしたのかもと考える。

上昇するエレベーターの中で、握られた手は放されず、私はうつむきながらも亜嵐さんの視線をひしひしと感じている。彼のもう片方の手には、私が渡した婚約指輪の箱がある。

五階に到着して、エレベーターから降ろされ廊下を進む。

廊下に並ぶドアはどれも重厚感のある茶色。床は幾何学模様の寄せ木細工で美しい。

彼は一番奥のドアを開けて私を引き入れた。

「ソファに座って。今温かい飲み物を運んでくる」

亜嵐さんは執務デスクの上の電話の受話器を取る。

「今日はもう誰からの連絡も取り次がないように」

相手に日本語で話をして受話器を置き、彼は執務室を出ていった。

室内は広く、バーカウンターのようなものも見える。自社のだと思われるソファセットや執務デスク、キャビネットは無機質なスチール製のものではなく濃いブラウンで壁一面にある。

ソファはパステルなイエローとグリーンで、私は手前に腰を下ろした。

ほどなくして執務室のドアがノックされ、亜嵐さんは飲み物がのったトレイを手にして戻ってきた。彼は入室するとすぐに鍵をかけた。

「亜嵐さん……？」

「鍵は邪魔が入らないようにだ」

私の目の前のテーブルにカップが置かれる。

亜嵐さんは自分のカップを手にしてイエローのソファのうしろを回り、私の隣に座った。

「ホットチョコレートだ。こちらではチョコラータカルダといって、冬に好んで飲まれる。手が冷たかった」

自分のカップをテーブルに置き、代わりにチョコラータカルダのカップを私の手に持たせる。

体の芯まで冷えきっていて、手に持ったカップからじんわりと温かさが染みてくる感覚だ。

「いただきます」

カップを両手で囲んで口に運ぶ。甘いチョコラータカルダが喉を通り、胃が温かくなる。

亜嵐さんがポケットから婚約指輪の入った箱を出し、テーブルへ置く。

「どういうことなんだ？　俺があまりにも君をほったらかしにしているせいか？」

不安げに、でも優しく亜嵐さんは微笑んでいる。

「……そうです。ずっと帰ってこないし、話したいときにいないから」

カップをテーブルに置き、口もとを引きしめる。

「一葉……それは申し訳ないと思っていた」

亜嵐さんの腕に引き寄せられ、次の瞬間、抱きしめられていた。

「もう俺を愛していない？　君のそばにいられなかったせいで心が離れたのか？」

ギュッと抱きしめられて、どうしても彼に惹かれる心をなんとか押し込めようと唇を噛む。

婚約破棄を申し出たのは、もちろん本心からではない。だって私はこんなにも亜嵐さんを愛しているのだから。でも、さっきのあの美しい女性と結婚すれば、亜嵐さんは次期当主になって、今まで家族のために尽くしてきた彼自身が報われる。

彼の胸に手を置き、離れて見つめる。

もし今カトリーヌさんとの結婚について問いただしたら、彼はなんて言うだろう。花音さんと約束したから聞けないけど、私にとって悲しい答えがかえってきたらと思うと怖くて……どちらにしても聞けない。

「正直に聞きます。もう東京には住まないんですよね？　結婚したら？　私は外国に住みたくないです」

私はただのわがままで子どもな大学生でいるしかできなかった。

「いや、東京に戻る。だからそんなことは気にしないでいい」

「亜嵐さん……それは本心ですか？」

本当にそう思ってくれているのならば、別れる必要はないのだ。でも、花音さんの言っていた通り、カトリーヌさんは亜嵐さんが好きなように見える。彼女が結婚に乗り気なら、断れないのではないだろうか。

「本心だ。俺は一葉を愛しているし、ここよりも日本で暮らしたい。今は悪い状況が重なっているが、一葉が卒業するまでには戻る」

彼は私を愛してくれている。フェラーラで次期当主になるよりも、私のそばにいることを選んでくれるの？

亜嵐さんはテーブルの上の婚約指輪の箱を開けて、ダイヤモンドのエンゲージリングを台からはずした。

「一葉、もう一度つけてくれるか？」

「……亜嵐さん、私でいいの？　こんなわがままを言いにミラノまで来ちゃう私で」

本当に聞きたいことを確認せず、わがままな小娘として振る舞う私は、ずるいのかもしれない。それでも彼がそばにいてくれるのなら、それでいい。

私の頬が軽くつままれる。

「わがままなんかじゃない。一葉は愛すべきかわいい性格だ。それよりも、悩ませてしまってかわいそうなことをしたと反省している」

左手が持ち上げられ、薬指にエンゲージリングがはめられた。

「もうはずさないでくれ」

微笑みを浮かべた亜嵐さんは顔を落とし、エンゲージリングのある指に唇を押しあてる。

それから左手を持ち上げていた手は私の後頭部に回り、顔を接近させた。

綺麗なブラウンの瞳に吸い込まれそうなほど見つめていると、唇が重なった。亜嵐さんのキスに酔いしれる。

ちゅっと甘い余韻を残して、熱を帯びた唇が離れた。

「ところで、キャリーケースは？　今日着いたんだよな？」

「はい。お昼過ぎに空港に到着して、ホテルに置いてきました」

亜嵐さんを手放さなくていいのだと思ったら、途端に気持ちが軽くなってこわばっていた顔が緩んできた。

「ホテルまではタクシーで？」

心配そうに尋ねる彼に、首を左右に振った。

「バスです」

「ここまで怖い目には遭わなかっただろうね？」

「はい。無我夢中で歩いていたので」

「よかった」

亜嵐さんは胸をなで下ろした様子で、もう一度私を抱きしめた。

その後、ホテルを聞かれて、彼の家に滞在するように言われる。

「帰りのフライトは？」

「明後日の二十四日です」

「明後日!? 二日間しかないじゃないか。帰国を延ばしてクリスマスも一緒に過ごしてほしい」

「でも、帰りのチケットが……」

亜嵐さんに婚約解消を告げたらすぐに戻ろうと思ったのだ。格安航空券なので変更はできない。

「それは心配いらない。俺が用意するから。いつまでに戻ればいいか、明日ご両親に聞こう」

「戻りがいつになるかは伝えていないので大丈夫なんですが、大晦日までには……」

「わかった。では、三十日に羽田に到着できるフライトを予約しよう」

今日が二十二日なので、一週間ほど亜嵐さんと過ごせる。

「明日仕事をできるだけ片づけて、一緒にいられるようにする」

「それではお仕事に支障が……」

「社員たちは明日からクリスマス休暇なんだ。問題ない」

安心させるように亜嵐さんは微笑んでから、「悪いが一時間ほどここで待っていてくれ」と言って大きな執務デスクに戻っていく。

花音さんの話は杞憂に終わった。とにかく私は亜嵐さんを信じていればいいのだ。

初めて目にする亜嵐さんの仕事中の姿に、胸がドキドキ高鳴った。


一時間後、仕事を終わらせた亜嵐さんが立ち上がったところで、ドアがノックされた。鍵がかかっているので、彼がドアへ歩を進めてロックを解除して開けると、日本で会った秘書の山下さんが入ってきた。

こちらへ顔を向けた彼は驚いた様子もなく私に会釈するので、私もソファから立ち上がり頭をペコリと下げる。

「先ほどのメール、急にお休みされるにはスケジュール的に無理がありますが」

山下さんは亜嵐さんからの打診に困惑気味のようだ。

「だろうな。でも、都合をつけてくれ。明日は馬車馬のように働くよ」

休暇の件なのだろうと推測して申し訳ない気持ちに襲われ、仕事を優先してほしいと言おうとしたとき、突然執務室のドアが開いた。

「一葉さん！」

現れたのは真紅のワンピース姿の花音さんだった。襟と袖に黒が入り、さすがファッションの街で働く彼女はファッショナブルだ。

亜嵐さんや山下さんに目もくれずに私の前までやって来た花音さんは、にっこり笑みを浮かべる。

「ミラノへようこそ。今、下で日本人のシニョリーナが亜嵐を訪ねてきたって聞いて。一葉さんじゃないかと思ったの」

花音さんが私にカトリーヌさんの話をしたことは内緒になっているので、知らないふりをキメている。

「お久しぶりです」

ハグをした花音さんは私から離れる。

「花音、ちょうどよかった。明日は休みを取れるか？」

「ええ。ポスター撮りも終えたし。CEOと違って、スタッフたちはクリスマス休暇に心が飛んでいるわ」

「だろうな。明日一日、一葉を連れ出してくれないか？」

「もちろんよ。ミラノを案内したいわ」

花音さんは快諾してくれて、亜嵐さんはホッとしたようだ。

「一葉、いいか？」

「はい。花音さんの迷惑でなければ。よろしくお願いします」

カトリーヌさんの件で心配をかけているので、ちゃんとお礼を言って話をしたいのもある。

「迷惑じゃないわ。じゃあ、明日の九時に迎えにいくから。えっと、亜嵐の家でいいのよね？」

「ああ。そうしてくれ。山下君、そういうことだから、数日間入っているアポをすべて明日に調整してほしい」

「わかりました。では」

山下さんが執務室を出ていった。

「じゃあ、私も退勤するわ。これから友達と会うの」

「飲むのもほどほどにしろよ」

「ふふっ。一葉さん、明日ね」

花音さんは真紅のワンピースの裾をひるがえして去っていった。

「さてと、俺たちも行こう。まずはキャリーケースだ」

「はい。亜嵐さん、忙しくさせてしまってごめんなさい」

謝る私の頭に手が置かれ、なでられる。

「一葉、俺は君が来てくれてうれしい。クリスマスプレゼントをもらった子どものような気持ちになっているんだ」

そう言って、スーツの袖を少しまくり、腕時計へ視線を落とす。

「一時間半前は心臓が止まるかと思うくらい衝撃を受けたが」

私は苦笑いを浮かべて、亜嵐さんに抱きついた。

「ごめんなさい」

「いや、ここへ来るまで婚約解消を考えていた一葉の方が苦しかっただろう」

おでこに唇が落とされ、鼻から頬、そして薄く開いた私の唇を食むようにキスする。

「ダメだ。理性が保てなくなる。ここを出よう」

亜嵐さんは私の肩に腕を回し、執務室を後にした。

五階建てのフォンターナ・モビーレのビルを店舗横のドアから出ると、亜嵐さんは私の手をがっしりつなぎながら、自分のこげ茶色のカシミアコートのポケットに入れる。

外はすっかり暗くなっていた。

ミラノ大聖堂広場に出て、大きなクリスマスツリーを見る余裕に口もとが緩む。

「とても綺麗でロマンチックですね。この時季に来られてよかったです」

クリスマスツリーもいいが、ミラノ大聖堂がライトアップされ辺りは荘厳な雰囲気に包まれている。

恋人たちが立ち止まって、クリスマスツリーの方を寄り添いながら眺めている。

「ああ。毎日目にしているが、一葉と一緒だとまた違って見えるな」

ポケットの中でつながれた亜嵐さんの手がギュッと握られる。

「夕食はなにを食べたい？」

「もちろんイタリア料理です」

仰ぎ見てにっこり笑う。その途端、亜嵐さんの唇がそっと唇に重なる。

「あ、亜嵐さんっ」

こんな人がいるところでキスをされて、目が真ん丸になって驚きを隠せない。

「日本と違うから、誰も気にしない。俺はこうして一葉に触れられるのがうれしい」

空いている手のひらを私の頬にあて、ゆっくりずらして顎を持ち上げる。

「ダ、ダメです。私にはハードルが高すぎます」

首を左右に振ると、亜嵐さんの指が離れた。

「仕方ないな。帰る頃には必ず慣れさせてみせる」

真っすぐ見つめられて宣言されてしまい、顔に熱が集中した。


キャリーケースをホテルから引き取って、彼の住まいのコンシェルジュに預けてから、近くのイタリア料理のカジュアルなレストランへ足を運んだ。

時刻は二十時前で、レストランの客席はワインやビールで料理を楽しんでいる人たちで賑やかだ。

私たちは窓際の四人掛けのテーブルに着いた。

亜嵐さんにオーダーを任せると、様々な料理を注文してくれた。彼は赤ワインを、私はあまりアルコールに慣れていないので炭酸水にした。

乾杯して少し経ったところでさっそく料理が運ばれ始める。

ハーブを散らした濃厚なトマトソースで絡めた自家製のニョッキを口に入れる。

「んー、もちもち。亜嵐さん、おいしいです」

目の前に座る亜嵐さんは、優雅に赤ワインのグラスを傾けながら、私が食べるのを見ている。

それに気づいた途端に、モリモリ食べる自分が恥ずかしくなった。

「あ、亜嵐さんも食べてくださいね」

テーブルの上にはチーズたっぷりのとろとろのリゾットや、カットされたお肉と野菜のプレートが並んでいる。

「ようやく一葉がミラノにいると実感してきたよ」

そう言って、亜嵐さんは麗しく口もとを緩ませる。

「私もです」

亜嵐さんから離れようとしていた私は、なんてバカだったんだろう。こんなにも大好きなのに。

どれもおいしく食べ終えた私たちはレストランを後にした。

「けっこう長くいましたね」

初めての海外だし、亜嵐さんと会って話をするまで緊張していたからか、おなかがいっぱいになってどっと疲れを感じた。

こちらの人は夕食をゆっくりとのんびり食べるようで、私たちもレストランに二時間近くいた。

石畳を五分ほど歩き、亜嵐さんのアパートに到着した。七階建てで石造りのどっしりとした建物だ。

ここはミラノの中心部で、コンシェルジュもいることから高級アパートのようだ。

コンシェルジュデスクから私のキャリーケースを引き取って、エレベーターで七階に向かう。

廊下には深緑の絨毯が敷かれている。キャリーケースを引いて奥へ歩を進めて、正面のドアの前で亜嵐さんは立ち止まる。

ここに来るまでドアは四つしかなかった。

ロックを解除した亜嵐さんは、私を促して先に玄関へ入れる。

一段高い艶やかな床の上にブラウンのスリッパがある。亜嵐さんはシューズクローゼットから同じスリッパを取り出して、床に置く。

「外国でもスリッパなんですね」

「ああ。ホテルへも持っていくよ。長期滞在のときはとくにね」

スリッパを履いた彼が電気のスイッチを押すと部屋が明るくなった。

広範囲にわたる部屋に家具やソファセットなどが配置よく置かれているが、生活感がなくて、フォンターナ・モビーレのショールームみたいだ。

彼はカシミアのこげ茶のロングコートを脱ぎ、軽く畳んでカウチソファに置いた。部屋の中は暖かく、私もカーキ色のチェスターコートを脱ぐ。そのコートを亜嵐さんが引き取り、自分のコートの隣に置いた。

「亜嵐さん、本当にここに住んでいるのっていうくらい綺麗ですね」

「アパートの清掃が週に二回入るし、ほとんど会社で過ごしているからな。一葉、こっちへおいで」

手をつないでビルトインのL字形のキッチンを通り抜け、ドアを開ける。亜嵐さんはもう片方の手に、キャリーケースを宙に浮かせるようにして持っている。

そこは大理石の洗面所で、私の六畳の部屋よりも広さがある。陶器の緩やかにカーブを描く洗面台がふたつ並んでいる。

ゴージャスな内装やインテリアに、もはやため息しか出てこない。

「一葉、どうした?」

「すごすぎて……あ、手を洗っていいですか?」

黒のセーターの袖をまくって、洗面台の前に立つ。

「疲れただろ。今晩はゆっくり休むといい。着替えの支度をしてちょっと待ってて」

亜嵐さんは私のこめかみの辺りに口づけを落とし、隣のバスルームへ入る。バスタブにお湯を張ってくれているようだ。

キャリーケースを開いて着替えを用意しているうちに、彼が姿を現した。

「もうだいぶたまったからどうぞ」

「ありがとうございます」

亜嵐さんは微笑んで、棚から上質のバスタオルを取って台の上に置く。

「ゆっくり入って。俺は仕事をしているから。リビングに行けばわかるようにドアを開けておく」

そう言って亜嵐さんはその場を離れた。

ひとりになった私の口から、幸せと疲れが入り交じったため息が漏れる。

バスルームへ足を踏み入れて、目を丸くした。

ジャスミンのような花の香りが立ち込める泡が猫足のバスタブを覆っている。

「泡風呂にしてくれたんだ……」

体を泡の中へ沈め、のんびりと温かい湯の中へ浸かった。

お風呂から上がった私を亜嵐さんはベッドルームに連れていってくれ、彼はバスルームへ向かう。

この部屋も素敵だ。おそらくこの家の家具はすべてフォンターナ・モビーレ社のもの。キングサイズのベッドに横たわると、スプリングが体を包み込んでくれる。

そうだ。家に連絡を入れておかなきゃ。

体を起こして、ベッドルームのソファの上に置かれていたショルダーバッグからスマホを取り出す。キャリーケースも部屋の隅に置かれている。

母に無事に着いたとメッセージを送り、レストランで食事中にスタッフが撮ってくれたふたりの写真も送った。

少しして深緑色のパジャマを着た亜嵐さんが戻ってきて、隣に体をすべり込ませた。

腕を私の首の下に差し入れて抱き寄せてくれる。

「疲れた顔をしている」

おでこに唇があてられた。

「えっ？　顔に出ちゃって——」

頬に手をあてる私を見て亜嵐さんは笑う。

「たっぷりね。無理もない。日本からここまでは遠いし、着いてからも緊張していただろうから」

「ん……日本を発つ前も心配だったし、空港に到着してからも不安だったし、亜嵐さんに会うのも怖かった……」

「そんな思いをさせていてすまなかった」

亜嵐さんの腕の中で首を左右に振る。

「もう、幸せだから……」

温かい体にひっついているうちに瞼が下がってくる。

「俺も幸せだ。一葉、おやすみ」

体とは反対に少しひんやりした亜嵐さんの唇を唇に感じて、スーッと眠りに引き込まれていった。

睡眠を貪っていた私は、鎖骨の辺りを吸われて目を開けた。その先に見えたのは亜嵐さんの漆黒の黒髪。

手を伸ばして、少し癖のある黒髪に指先を絡める。

「おはよう。一葉」

亜嵐さんはスーツのジャケットは着ていないが、ベストと薄紫のネクタイをしっかり身につけていた。

「亜嵐さん、もう朝……？」

チュッと唇にキスを落とされてから彼が笑う。

「あと一時間で花音との約束の九時になる」

「えぇっ⁉」

驚いて体をガバッと起こす。

「疲れているのに、起こすのは忍びなくてね。まだ一時間あるんだから、出かける準備はゆっくりできるだろう。これは家の鍵だ。あとユーロを」

膝の上に置かれ困惑する。

「お金は持っています。空港で両替をしてきました」

「すぐに帰国するつもりで洋服をほとんど持ってきていないだろう？」

するどい……。

今日、花音さんと出かけたときに洋服を購入しようと思っていたのだ。

「でも、自分で買えます」

「一葉、君は俺の婚約者だ。赤の他人が出すんじゃない。俺に存分に甘えるんだ」

「亜嵐さん……」

彼の顔が近づき、当惑する私に唇を重ねる。

「いいね？　花音にもここに滞在中、不自由のないように必要な服を買うのを手伝ってほしいと言ってあるから」

「……ありがとうございます。では甘えちゃいますね」

「それでいい。じゃあ、行ってくる。夜も遅くなるかもしれない。連絡するよ」

亜嵐さんは私に頭をポンポンと軽く手を置く。

「あ、玄関まで」

「ここでいいよ」

「……はい。亜嵐さん、いってらっしゃいませ」

もう一度キスを落として、彼は颯爽とした足取りで寝室を出ていった。

「新婚生活もこんな感じなのかな……」

すごく幸せな気分で、顔が緩むのを止められない。

寝室のインテリアも雑誌の一ページを飾るくらい素敵で豪華だ。そして驚いたのは、キングサイズのベッド横にあるチェストの上にあるフォトフレームに、私の写真があったこと。二十歳の誕生日のクルーズ船に乗ったときにスタッフが撮ってくれたものだ。二十本のバラの花束を抱え、最高の笑顔を向けている。

亜嵐さん、飾ってくれていたんだ……。

「あ、支度しないと！」

ベッドから出て、部屋の隅に置かれたキャリーケースへ近づいた。

ブラウンのAラインワンピースは黄色い小花が散らしてあり、生地はネル素材で温かいが、さらに八十デニールの黒いタイツをはき、寒さ対策も万全にした。ワンピースの上にベージュのカーディガンを着て、チェスターコートを羽織れば寒くないだろう。

軽くメイクを済ませ、洗面所を出てリビングへ向かう。

約束の十分前だ。

あらためてリビングを見ると、暖炉があるのに気づく。そして、一面の窓の向こうは部屋と同じ面積がありそうなバルコニーだ。背丈の低い植木があり、おしゃれなテーブルと椅子が置かれている。

バルコニーへ出てみたくなったが、準備を終わらせなければ。

ショルダーバッグの中身を確認していると、ドアチャイムが鳴った。モニターに花音さんが映っている。

ショルダーバッグをカーディガンの上から斜めがけして、その上にチェスターコートを羽織って玄関へ向かう。

ドアを開けた先に、花音さんがにっこりと笑みを浮かべて立っていた。

「花音さん、おはようございます」

「おはよう。今日は楽しみましょうね」

花音さんは暖かそうな紫のダウンコートを身につけている。美人だから、派手な色も綺麗に着こなす。

「よろしくお願いします」

玄関を出て亜嵐さんから渡された鍵でロックする。

「亜嵐から朝食がまだだって聞いているわ。あの家には食材がないものね」

エレベーターで一階に到着して、コンシェルジュデスクの前を横切りながら花音さんが口を開く。

「亜嵐さんは家で食事をしないんですか？」

「近くのレストランから持ち帰ったおつまみ程度だと思うわ。食事はレストランに頼んで執務室で食べるのが多いみたい」

「多忙なので作れませんよね」

栄養が偏らないか心配になるが、自宅で作るのも大変だ。結婚したらバランスの取れた料理を作ってあげようと、ますます料理教室で学ぶ意欲が出てきた。

「さてと、私たちはカフェで軽く朝食にしましょう」

「はいっ」

花音さんは五分ほど歩いたところにあるカフェに連れていってくれた。

店内のガラスケースの中には、大きくカットされたハードパンのサンドイッチが積まれている。トマトやゴーダチーズ、ハムが挟まったものや、サーモンとルッコラにモッツァレラの組み合わせなど、数種類が陳列されている。ほかのガラスケースにはパックに入ったサラダもあった。

見ているだけでおなかが鳴りそうだ。

「一葉さんはどれがいいかしら？」

数人が並んでいる列のうしろに立つ。

「どれもおいしそうですね。お勧めはありますか？」

「私はサーモンとモッツァレラの組み合わせが好きなの。でもどれもお勧めよ」

「では、私も同じものを」

順番が来て花音さんはパンと飲み物を注文する。トレイの上にポンポンと無造作にパンがのせられ、泡たっぷりのカプチーノとチョコラータカルダが並んだ。

朝から高カロリーかなと思ったが、昨日飲んだチョコラータカルダが気に入っていたのでそれにした。

支払いをしようする私に、花音さんがストップをかけてクレジットカードを出す。

「亜嵐からもらうからいいの。ここだけじゃないわ。今日の支払いはすべて亜嵐よ」

「そんな。私も亜嵐さんからお金をもらっていますから」

「婚約者なんだからあたり前よ。席に行きましょう」

花音さんはクレジットカードをスタッフから受け取りトレイを持ち、イートインスペースに向かう。

小さめのテーブルにトレイを置き、シンプルでおしゃれなプラスチック製の赤い椅子へ腰を下ろした。

「食べましょう。いただきます」

「ありがとうございます。いただきます」

　花音さんに習って私もパンにかぶりつく。

「んー、外側はパリパリで中はもっちり。サーモンとモッツァレラ、とってもおいしいです。このパンはなんというのですか？」

「パニーノよ。日本ではパニーニかしら？」

「あ、パニーニは知っています」

「ところで、指輪の箱らしきものを亜嵐に渡していたとスタッフに聞いたんだけど、まさか別れるつもりで来たの？」

　花音さんには亜嵐さんが二十一日に会社にいるか尋ねただけだから、私の目的は知らない。

「いろいろ考えて別れるつもりで来ました。カトリーヌさんの話はしていません。でも亜嵐さんの執務室へ向かう途中、彼女が現れたんです。亜嵐さんは冷たい応対をしていて、私を婚約者だと言ったみたいでした」

「たしかに、亜嵐はカトリーヌに冷たいわね。だけど、彼女はめげずに頻繁に来るの。昨日はイライラしながら帰っていったそうよ」

　とても気の強そうな女性に見受けられた。

「モデルみたいに美人ですよね」

「美人でも性格がああだとね。亜嵐が説得したのならよかったわ。彼の中ではまったく考えていないようね。また早とちりしちゃったみたい。ごめんなさい」

私は笑みを浮かべて首を左右に振る。

「今回来られてよかったです。やっと亜嵐さんにも会えましたし。話し合えたので。でも、やっぱりカトリーヌさんの話はできませんでした。エレベーターで彼女に会ったといっても亜嵐さんはなにも言わなかったので」

「亜嵐がカトリーヌの話をしなかったのは、頭にないからだと思うわ」

「はい。そうだと思います」

一時間前に別れたばかりだけれど、すでに亜嵐さんに会いたい気持ちに襲われる。

「さ、食べちゃいましょう。案内するわ」

私たちは大きなパニーニをぺろりと平らげた。

朝食を終えて、花音さんに行きたいところを尋ねられ、やっぱりミラノ大聖堂が一番見たいとお願いしてやって来た。

白い大理石で覆われたミラノ大聖堂は、昼間目にすると、建物全体に人物彫刻が施されているのがよくわかる。

それらはものすごい数で、聖書に出てくる聖人や預言者だそう。

「圧巻ですね」

「三千五百体もの人物彫刻があるの。いろいろなポーズや表情があるから、見ていて飽きないわよ。こっちよ」

チケットを購入してくれた花音さんに先を促される。

ガイドブックを読んでも見どころはたくさんあるが、幼子を抱いた聖母マリアの礼拝堂は興味深い。

イタリアで超有名な偉人などは私の勉強不足でサラッと通り過ぎ、聖ジョヴァンニ・ボーノ礼拝堂の上部を飾るステンドグラスは鮮やかな色で目を奪われる。ほかにもたくさんのステンドグラスがあるが、じっくり見ていたらきりがないので先を急ぐ。

大聖堂の地下にある考古学エリアへも足を運び、四世紀半に建てられたサン・ジョヴァンニ・アッレ・フォンティ洗礼堂の遺跡を見学して、ミラノ大聖堂を離れた。

「花音さん、お付き合いくださってありがとうございます。目の保養になりましたが、花音さんは何度も観られていますよね」

「ううん。一葉さんが楽しんでくれればいいの。私も久しぶりだから楽しめたわ。

じゃあ、次はサン・サティロ教会へ行きましょうか。この近くで、騙《だま》し絵が有名よ」

「はいっ」と返事をしながらも私の視線はなにかを食べている男女を追う。

「花音さん、あの、あれはなんですか？」

「パンチェロッタよ。中にトマトとモッツァレラが入っているピザ生地の揚げ物で、ミラネーゼの大好物よ。まだランチには時間があるし、食べましょうか」

歩いているせいか、目が欲しくなるのか、すぐに食べたくなる。

最近の私って、食欲旺盛……。

彼女に連れられ近くのお店へ行き、ふたつ買った。

熱々のパンチェロッタを頬張り、おなかも満たされ寒さが少し和らぐ。

サン・サティロ教会を見学して、ランチは私のリクエストでトマトソースのパスタ。

食事が済んだとき、時刻は十四時を回っていた。

「はぁ～こんなに食べていたらあっという間に太っちゃいますね」

レストランの席を立ち、チェスターコートを羽織る。花音さんも紫のダウンコートに袖を通し、出口へ歩を進める。

「そうなのよね～私もたくさん食べた翌日は少なくしたりして調整しているわ。さてと、これからお買い物よ。亜嵐から頼まれているの」

「すぐに帰るつもりだったので、着替えがなくて。下着があと二日分ほどあれば不自由しないかなと」

「ミラノまで来てすぐに帰るなんて、もったいないことを考えたのね。延びてよかったわ。帰国は二十九日よね？　それなら数着は必要ね」

レストランを出て、花音さんに促されて歩き始める。

街はクリスマスの装飾があちこちにあって、歩いているだけで気持ちが弾んでくる。

花音さんに案内されたのはミラノ最大のショッピングスポット、ガッレリアだ。

アーケードになっていて、少し暖かさを感じられる。

キョロキョロと周りを見ても、私が日本で買っているようなカジュアルでプチプラの店はなさそうだが、花音さんは意気揚々と、水を得た魚のように目的のお店に向かっている。

辺りはハイブランドの店舗ばかりで、高そうなドレスがウインドーに飾られている。

「まずはランジェリーを買いましょう」

彼女が立ち止まったお店のウインドーには、レース素材の大人なランジェリーがトルソーにかけられている。

「む、無理です」

「無理ってどういうこと？　これくらいどうってことないわ。入るわよ」

腕をガシッと掴まれて、尻込みする私を店内へ引き込んだ。

「これなんかどうかしら？」

花音さんが手にしたのは、真紅のシルクのレースのブラジャーとショーツのセット。

「ま、真っ赤なんてダメです！」

こんな下着、お母さんが見たらびっくりする。

「かわいいわね。顔がこのランジェリーみたいに赤いわ」

「からかわないでくださいっ」

花音さんとは三歳しか離れていないのに、思考はずっとお姉さんだ。

「セクシーすぎるランジェリーを買ったら、亜嵐がびっくりしちゃうわね。一葉さんはベビーピンクやホワイトが合うと思うわ」

そう言いながら、口にした色のランジェリーを手にする。

「ブラジャーの日本サイズは？」

「七十のD……です」

「一葉さんったら、ナイスバディじゃない。えっと、これとこれ、あとこれも素敵ね」

花音さんは私に有無を言わせずに、レースがたっぷり使われたランジェリーセットを四セット手にして店員に渡す。

「そんなに必要は……」

「ここのランジェリーは最高の着け心地なの。もっと買っておけばよかったと思うわよ」

店員に支払いを済ませ、ショッパーバッグを持った彼女は次のお店へ私を連れていった。

強引に勧める花音さんに抵抗して、購入したのは暖かそうなセーターとカットソーにワイドパンツの三点のみ。

ワイドパンツの色は冒険してマスタード色より明るめだ。

あれも似合うこれも似合うと勧める花音さんの誘惑に負けそうになったけれど、着まわせば帰国するまで大丈夫だろう。

お店を出たところで、ポケットの中のスマホが振動していることに気づき、急いで取り出す。

亜嵐さんだった。

「もしもし。一葉です」

《楽しんでいるか？》

亜嵐さんの魅力的な低音が耳をくすぐる。

「はい。とても」

《よかった。今夜は遅くなる。突然会いにきた私のせいだ。すまない》

「謝らないでください。突然会いにきた私のせいですから」

隣にいる花音さんが口もとを緩ませながら会話を聞いている。

《花音に代わってもらえないか？》

「はい。花音さん、亜嵐さんが代わってほしいと」

スマホを彼女に渡すと、亜嵐さんは夕食の話をしているみたいだ。

「わかったわ。大丈夫、ちゃんとアパートの部屋まで送り届けるから安心して」

そう言ったのち、ふいに花音さんは笑いながらイタリア語で話し始めた。

速すぎてなにを言っているのかわからない。

電話を終わらせた花音さんからスマホを渡されて受け取ったとき、花音さんを呼ぶ女性の声がした。

花音さんは一瞬驚いたような表情を浮かべた後にっこり笑って、その女性とハグをする。カトリーヌさんだった。

ふたりは会話をしている。花音さんが〝奇遇ね〟と言ったのは聞き取れた。どうやら軽い定型の挨拶のようだ。

カトリーヌさんは私へ視線を向けて、わざとゆっくり話をしているように聞こえる。今日の彼女も黒いスタイリッシュなコートを着ていてゴージャスだ。

花音さんがなにかを彼女に伝えて私の腕を取る。〝婚約者〟という単語が聞こえたので、どうやら紹介してくれているようだ。

カトリーヌさんは私ににっこり笑みを浮かべる。

昨日の印象もよくなかったが、今も小バカにしたような表情を向けられ、呆気に取られた。

たしかに、狙っている亜嵐さんの婚約者なんだから敵対心は持つだろう。

妙に納得しながらカトリーヌさんが離れていくのを見ていると、花音さんが謝る。

「まさか彼女と出会うとは思わなかったわ。態度がひどかったわね。ごめんなさい」

「花音さんのせいじゃないです。カトリーヌさんは情熱的な女性なんですね」

「わがままなのよ。一葉さんが亜嵐の婚約者だとわかっていたけれど認めたくないって顔に出ていたわ。気にしないでね。時間がもったいないわ。行きましょう」

花音さんは私を促して歩き始めた。

その後、家族へのお土産を探し、スーパーマーケットでシーフードのサラダと食べてみたかったプレッツェルを購入して、亜嵐さんの自宅で夕食を取った。

サラダを食べ終え、私はプレッツェルをつまんでいるが、彼女はブラックコーヒーだけにしている。

「花音さんのご自宅は近いですか？　ここはこんなに広いのに一緒に住まないんですね」

疑問を投げかける。

「徒歩十分くらいよ。母はパリにいるからひとり暮らしだけど、亜嵐と一緒に住んだらめんどくさいわ。帰宅が遅い、きちんとしろってね」

「亜嵐さんが口うるさい……？」

驚いて尋ねると、花音さんはふふっと笑う。

「妹には厳しいの。自分が品行方正でなんでもできるから。でも、一葉さんには甘いわよね」

「まだまだ亜嵐さんの知らないところがたくさんありそうです」

「そうよ。正直に言うと、私が洋服をもっと買うように勧めたのは亜嵐に頼まれたからなの。さっき電話で私、イタリア語で話していたでしょう」

「はい。速すぎてまったくわかりませんでした」

今日一日、花音さんはお店での注文などは私が頼む機会を設けてイタリア語の勉強をさせてくれたが、スピードがあると理解できない。

「ミッション失敗を伝えたら、俺がショッピングに連れていくからと笑っていたわ。明日から覚悟するのね。亜嵐のプレゼント攻撃は身をもって知っていると思うけど」

花音さんがしつこく買うように勧めたのは亜嵐さんに頼まれたからだったのだ。

「はい。亜嵐さんは気前がよすぎて……」

「素直に甘えると亜嵐はうれしいと思うわ。あ、もうこんな時間」

壁にかけられたアンティーク調の時計は二十一時になろうとしていた。

「亜嵐の帰宅はもう少し遅いと思うけど、それまでゆっくりしていて」

花音さんはソファからすっくと立ち上がると、コートを身につけ玄関へ足を運ぶ。

私も彼女のうしろからついていき、今日のお礼を言う。

「今日はとても楽しかったです。ありがとうございました」

「私も妹ができたみたいで楽しかったわ。帰国するまでにまた会いましょう」

花音さんは私にハグをして玄関を出ていった。

彼女は外国育ちなのでスキンシップが多く、ときどきドキッとしてしまう。

シャワーを浴びて髪をドライヤーで乾かし、すっかり寝る支度が整ったが、亜嵐さんはまだ戻ってこない。二十三時を過ぎている。

色気のない上下ベビーピンクのスウェット姿でソファに座り、ホットミルクを飲んでいた。

スマホでたくさん撮った今日の写真を見ながら、気に入った数枚を母と真美に送る。合わせて母には、二十九日にこちらを出て三十日の十八時三十分に羽田に到着予定だとメッセージを送った。

日本は今、朝の六時過ぎなのですぐに既読にはならないだろう。

スマホを閉じようとしたとき、亜嵐さんからメッセージがきた。

アパートに着いたようだ。

数分後、玄関で待っているとロックが解除されドアが開き、亜嵐さんが姿を見せた。

「亜嵐さん、おかえりなさい。おつかれさまでした」

「ただいま」

彼は靴を脱ぐ前に私を抱きしめる。

「出迎えられるのはうれしいな。ここへ向かう足が軽かったよ」

革靴からスリッパに履き替えて、私とともにリビングへ進む。

「不便なことはなかった？」

「はい。亜嵐さん、なにか飲みますか？」

「いや、シャワーを浴びてくるから、一葉はベッドに行って。疲れた顔をしている」

「え？　疲れては……」

頬に手をやる私に彼はふっと笑う。

「時差で疲れてくる頃だから。明日からの休暇に備えて体調を整えるんだ」

私が置いていた手をはずして、亜嵐さんは腰を屈めると、その場所に軽くキスをした。

六、苦渋の決断

翌朝、抱きしめられて眠っていた私が先に目を覚ました。昨日も自覚はなかったけど疲れたみたいで、すぐに眠ってしまったようだ。

亜嵐さんの整った顔が目の前にあって、長いまつ毛や高い鼻梁、形のいい唇をじっくり見られ、彼の腕の中で口もとを緩ませた。

幸せ……。早く日本へ帰ってきてほしいな。

亜嵐さんの胸に擦りよると、髪になにかが触れた。

「よく眠れたか？」

頭から降ってくる心地よい低音の声に顔を上げる。

「亜嵐さん、おはようございます」

「おはよう」

彼の顔が近づき、そっと唇にキスをして離れる。

「もう八時か」

「えっ？　そんな時間に？」

ハッとなって上体を起こす。

重いカーテンの間が少し開いていて、うっすら外は明るく見える。

「もう起きたいのか？」

「え？　きゃっ」

引き戻されて亜嵐さんの胸に倒れ込む。

「昨日の夕食はサラダとプレッツェルだけだったんです。おなかが鳴りそうで……」

「どうしてそれだけに？　花音がレストランに連れていかなかったのか？」

心配そうな顔つきになり、慌てて口を開く。

「違うんです。ミラノのお料理がおいしすぎて昼間に食べすぎてしまって」

そう言うと、亜嵐さんはホッと安堵した様子になる。

「パンチェロッタはいくつでも食べたいくらいでした」

「ああ。熱々はたまらないな。話していると俺もおなかが空いてきた。だがその前に」

くるっと私を組み敷いた亜嵐さんの唇に塞がれ、手がスウェットの下の肌をなでていく。ミラノに来てから寝てばかりで、亜嵐さんと触れ合っていなかったからドキドキしてきた。

「お、おなかが鳴っちゃってもシラケないでくださいね」

「もちろん」

麗しく笑みを浮かべた亜嵐さんは唇を重ね、侵入させた舌を熱く絡ませた。

亜嵐さんが私をミラノの街に連れ出したのは十一時を回っていた。外は晴れているものの、木枯らしが吹くとブルッと震えそうになる。

彼の行きつけだというレストランで、温かいサフラン色のリゾットや鶏の胸肉と野菜のミルフィーユにバルサミコ酢がかかった料理を食べておなかいっぱいになったところで、昨日花音さんが案内してくれたショッピングスポット、ガッレリアへ。

クリスマスの雰囲気たっぷりのこの場所は好きだが、亜嵐さんは私の買い物をしにきたのだろう。そう考えると複雑だ。

「亜嵐さん……」

困惑気味の顔を向けると、彼はふっと笑みを漏らす。

「花音を手こずらせたようだな」

「手こずらせたわけでは……滞在には不自由しないかと」

「いや、もっと暖かいコートが必要だし、クリスマスディナー用のワンピースも欲しいな」

『素直に甘えると亜嵐はうれしいと思うわ』

花音さんの昨夜の言葉を思い出す。

「どうした？ 行こう」

手を恋人つなぎにして亜嵐さんは目的の店に向かった。

それから夕方まで彼は私をたっぷり甘やかした。

今夜はホテルのディナーを予約してくれているらしく、そのための洋服をはじめ、たくさんの買い物をして一度アパートへと戻った。

荷物はコンシェルジュによって玄関の中に届けられていた。

ショッパーバッグから中身を取り出す間、亜嵐さんはコーヒーを飲みながら私が開封をしているのを眺めている。

「右の服がいい」

カウチソファの背にかけた二枚のワンピースのうち、亜嵐さんはウエストから切り替えのあるスカート部分がワインレッドの方を指さす。

身ごろは黒のスリムなニット素材で、亜嵐さんに試着してみるように言われたとき、上半身がぴったりしすぎるのではないかと不安ですぐにはトライできなかった。

『大丈夫、似合うから』と勧められてようやく勇気を出して着てみたら、ぴったりしているもののスタイルがよく見える気がした。亜嵐さんの前に出ると、彼はそばにいた店員に『これももらう』と告げた。

そのほかにもベージュのニットワンピースや千鳥格子柄のワンピース、パンプス、ブランド物のバッグやアクセサリーなど数点がある。

コートは白のロングダウンで、最高峰と言われているホワイトグースの毛が使われているそうだ。フード付きで、フェイクファーが縁取っている。

白なんて汚れそうだけど、よほどのことがなければつかない加工がされているので安心だからと店員の説明を亜嵐さんが通訳してくれた。

「こんなにたくさん、ありがとうございました」

亜嵐さんの隣に腰を下ろすと、コーヒーカップをテーブルに戻した彼は私の頬を手の甲でなでる。

「当然だ。ところで、明日はヴェネツィアに向けてドライブしようと思うんだ」

「ヴェネツィアは、一度は訪れてみたいと思っていました」

「ゆっくり回って出国の二十九日までに戻ってこよう」

ここへ来てずっと聞けなかったことを尋ねようと、口を開く。

「私、お兄様のお見舞いに行かなくてもいいのでしょうか?」

「ああ。今はリハビリで忙しいんだ」

コクッとうなずきながらも、私は亜嵐さんの一瞬見せた不安そうな表情が気になった。


洋服を着替え、亜嵐さんの計画通り最高級のホテルのレストランへ出かけた。

最高級のダウンコートはとても温かく、背筋をピンと伸ばして歩ける。ダウンコートの下は亜嵐さんが選んだ黒とワインレッドの異色布ワンピースだ。

彼の自宅から徒歩圏内の最高級ホテルへ行くまでも、家族連れや恋人たちが楽しそうに歩いている。

ホテルの吹き抜けのロビーには、大きくてきらびやかなクリスマスツリーが置かれていた。

どこにいてもクリスマスの雰囲気を感じられて、子どもの頃家族でクリスマスケーキを食べたときのことを思い出した。

レストランではピアノの生演奏が流れ、時折弾かれる曲がクリスマスにちなんでいて私でも知っていたので楽しめる。

「一葉、メリークリスマス」

小さなブッシュドノエルのクリスマスケーキを口に運んでいると、真紅のリボンがかけられた四角い箱を渡される。

「メリークリスマス……私はなにも用意が……」

「ミラノまで来てくれた。一葉がなによりのクリスマスプレゼントだよ」

「亜嵐さん……。開けていいですか？」

「もちろん」

真紅のリボンをほどき、濃紺の箱を開けると、ダイヤモンドがあしらわれたホワイトゴールドの時計が、テーブルにあるロウソクの明かりでキラキラ輝いていた。

「綺麗な時計……」

美しさにため息が漏れる。

亜嵐さんが席を立ち、時計を台座からはずして私の左手首につけてくれる。

「これからは時を一緒に刻んでいきたいから時計にしたんだ」

「亜嵐さん、ありがとうございます」

手首につけられた時計を見てから、席に戻った彼に笑顔を向けた。

翌朝、亜嵐さんは所有している流線形の艶やかな黒い高級車に私を乗せて、水の都ヴェネツィアに向けて走らせた。

今日はシャツの上に紺色のセーターと黒いスリムなパンツ姿で、リラックスした様子で運転している。

途中の街を散策し、のんびりと向かったので、最終地点であるヴェネツィアのローマ広場の駐車場に車を止める頃には夕方になっていた。

キャリーケースを持ってゴンドラに乗る。

運河を行き交うゴンドラはロマンチックで、船頭が歌うカンツォーネがあちこちから聞こえてくる。

「亜嵐さん、素敵な経験をさせてくれてありがとうございます。運転おつかれさまでした」

「楽しんでくれてうれしいよ。ヴェネツィアは好きな場所だから。ただし、冬場のゴンドラは寒すぎるな。大丈夫か？」

頬にあたる海風は亜嵐さんの言う通り冷たいが、素敵な景色に夢中で気にならない。

ゴンドラは橋の下を通り見上げてみると、観光客だろうかスマホで写真を撮る人たちで賑わっている。

「明日、ゆっくり観光しよう」

「はい。私もあそこで写真を撮りたいです」

「わかった」

亜嵐さんはクッと楽しそうに笑った。

淀んだ緑色の狭い運河に入ってから少しして、ゴンドラが大きな古めかしい建物の横につけられる。

「着いた。ホテルだ」

亜嵐さんが先に地面に降り、私に手を差し出してゴンドラから移動させる。

「すごい……お城みたい」

目に入るアンティークの調度品に目を丸くする。

「貴族の邸宅を改装したホテルだ」

興奮する私とは真逆にサラッと話す亜嵐さんは、私の腰に手を添えてチェックインカウンターへ進む。

そうだ、亜嵐さんのおじい様はお城を所有しているんだった。彼にとっては珍しくないのかもしれない。

ホテルのベルボーイに案内されたスイートルームに驚いていると、亜嵐さんはバルコニーに私を連れていく。

日が落ちた運河の両脇の建物はオレンジ色の明かりに照らされて、一枚の絵画のように美しい。

「素敵……」

「夕食の希望は？」

うしろから腰に腕が回り抱きしめられる。耳もとで尋ねられてくすぐったい。

腕の中で振り返り、にっこり笑う。

「ネットで検索したんですが、バーカロに行ってみたいです。いろいろなお料理が食べられそうで」

「わかった。行こう」

振り返るとこめかみに唇が落とされる。

「亜嵐さん、新婚旅行ってこういう感じなんでしょうか？」

「ああ。俺も今そう思った。一葉の帰国を考えるとつらいな」

今日を含めてあと五日しかない。

「私もです……」

亜嵐さんはいつ日本へ戻ってきてくれるのだろうか。お兄様や会社で大変な彼には聞けなかった。

ホテルから路地を歩き、数分の場所に小さなバーカロがあった。

小さな立ち飲み居酒屋で、各お店に得意料理があり、数軒回るのがバーカロの楽しみ方だと亜嵐さんに教えてもらう。

最初のお店ではイカを揚げたカラマリ、次のお店ではイワシのビネガー漬け、そしてライスコロッケのクロケッタを肴に白ワインを飲んだ。グラス一杯飲み終える頃にはすでにふわふわとしてきている。

「亜嵐さんっ、めっちゃ楽しいです！」

足もとがおぼつかない私の手を亜嵐さんはしっかり握って歩いている。

「次行きましょ、次！」

普段ほとんど飲まないため今まで酔っぱらったことはないが、こういう気分と頭がぼーっとしてくるのがそうなんだろう。

意識の下ではしっかりしなくちゃと思うのに、それができない。

「そろそろ帰るぞ」

「えー、もうですか？　イカ墨のリゾットが食べたいな」

「じゃあ、もう一軒だけな。疲れていないか？」

自分の意見が通って、私はさらに上機嫌だ。

「大丈夫、大丈夫」

コクコクうなずくと、亜嵐さんが楽しそうに破顔した。

次のバーカロではミネラルウォーターとともにイカ墨のリゾットを食べて、少し酔いが醒めてきた。亜嵐さんは赤ワインを飲んでいる。

イカ墨の濃厚なリゾットを食べてすっかり満足してバーカロを出ると、どこかからテノールのカンツォーネが聞こえてきた。

ゴンドラが二艘《そう》行き交うのが精いっぱいな運河の横の石畳を亜嵐さんと歩き、寒さなんて感じずに幸せな気持ちだった。

「はぁ～楽しかったぁ」

ホテルの部屋に着いてすぐ、眠気に襲われ始めた。ソファに座ってすぐ、ずるずると横になりそうになっている。彼はそんな私のダウンコートを脱がせて、ニットワンピースにさせる。そして亜嵐さんは私を抱き上げ洗面所へ連れていく。促されるまま洗顔をして歯を磨き、再び彼の腕の中へ。

「今日はこのまま寝るといい」

亜嵐さんの声が優しく降ってきて、スーッと眠りに引き込まれていった。

「んー亜嵐さん……」


翌朝、鼻をくすぐるコーヒーの匂いでパチッと瞼を開けると、ベッドの端に腰をかけコーヒーを飲んでいる亜嵐さんと目が合う。

シャワーを浴びたばかりなのか、白いバスローブを身につけ、髪の毛は濡れている。

あ……。

昨晩のバーカロのはしごの記憶がうっすら蘇り、自分が酔っぱらっていた事実を認識する。

「おはよう。カフェラテを淹れた」

「亜嵐さん、おはようございます。私、昨日……」

気まずさに襲われる私を見て彼はクックッと笑い、サイドテーブルに持っていたカップを置く。

もそっと体を起こしていたら亜嵐さんの腕が回る。

「あんなにかわいい一面を隠していたんだな」

「え？　か、かわいい……？」

「ああ。ニコニコして甘え、俺にピタッとくっついて。かわいくてうれしかった」

耳もとでゆっくり亜嵐さんの口から紡がれる言葉に、顔から火が出そうなくらい熱くなる。

「よ、酔っぱらっちゃったことなんてなくて。イカ墨のリゾットが食べたいって、わがままだったかなと」

「いや、いつもああやって甘えてくれないか」

「亜嵐さん……」

体を離した彼の顔がゆっくり近づき、唇にキスを落とす。

「ついでに、イカ墨で歯を黒くさせて笑った君もかわいかった。写真が撮れずに残念だったよ」

からかう亜嵐さんはもうひとつのカップを私に渡す。ふんわりとミルクの香りが漂うカフェラテだった。

「ありがとうございます。ベッドで飲むなんて贅沢ですね」

カップを受け取り口づける。

温かい液体が喉もとを通っていき、このカフェラテのようにまろやかなほっこりした気分に包まれた。

「ルームサービスが来ている。朝食を食べたら観光へ行こう」

「はいっ！」

亜嵐さんはベッドから下りて、私のカップを受け取った。


サン・マルコ広場に面して建つ、サン・マルコ寺院で有名なモザイク画を見学する。壁から天井まで細かなタイルを敷きつめて作られていて圧巻だ。続いて、ドゥカーレ宮殿や私が昨日あそこで撮りたいと言ったリアルト橋へも行った。

ランチは近くのレストランへ。シーフードたっぷりのサラダや、厚みある極太で四角形のパッケリというパスタを食べた。

ジェノベーゼとあったのでてっきり緑色のものを想像していたら、茶色いミートソースのひと皿が出てきて驚いた。本場ではこちらをジェノベーゼと呼ぶのだと亜嵐さんが教えてくれた。

午後はブラーノ島を訪れた。フォトジェニックな建物のあるブラーノ島へは水上バスに乗って四十分。ガイドブックにあるように本当に個々の建物がカラフルでかわいらしく、素敵な島だ。

スマホにそれらを収め、自分たちもかわいい建物をバックに写真を撮った。

ブラーノ島は漁業で生計を立てる人が多いらしく、網を編んだことからレース編みが盛んになったとのこと。

素敵なレース編みの品物が多く、私は祖母と母にカーディガンを購入した。


日も暮れかけ、ホテルの部屋に入ったところで、亜嵐さんがスマホをポケットから取り出す。振動しているので着信みたいだ。

亜嵐さんはスマホを耳にあててイタリア語で話し始める。

ダウンコートを脱いだ私は洗面所へ行き、手洗いうがいを済ませて彼のもとへ戻る。

亜嵐さんは電話を終わらせていて、こちらに背を向けて窓辺に立っていた。

「コーヒーを飲みますか？」

「ん？　ああ。いただこうか」

「すぐ淹れますね」

古めかしいホテルだけど設備は最新で、選んだコーヒーのカプセルをマシンにセットしておいしく淹れられる。

私は昼食を食べすぎたのか胃もたれしていて、用意されていた茶葉の中からミントティーを選んで淹れ、コーヒーが抽出されるのを待って、カップを持って亜嵐さんのもとへ戻る。

「ありがとう。一葉」

お礼を言ったのち、彼のためらいが見えた。

「どうしたんですか？　さっきの電話がなにか？」

ホテルの部屋に入るまで、亜嵐さんの様子は変わらなかった。電話後に、当惑している様子が見て取れる。

「……ああ。祖父からだった。一葉がこっちに来ているのを知った祖父が、城に連れてきてほしいと」

「おじい様が……」

亜嵐さんが戸惑いを見せるのは、おじい様が私たちの結婚に反対しているから？

でもちゃんと話せばわかってくれるはず。

「亜嵐さん、行きましょう。おじい様には和歌子さんの葬儀のときしかお会いしていないので、ちゃんとご挨拶したいです」

「……そうしようか」

彼はコーヒーを口にして小さなため息を漏らす。

「はいっ。おじい様がいらっしゃるところはフェラーラのお城でしょうか？」

「ああ。ここからだと車で二時間ほどだ。今日は二十六日か。明日の午後ここを出発してフェラーラに一泊して、ミラノへ戻ろう」

「亜嵐さん、記念にヴェネチアングラスが欲しいので、明日の午前中にお店を回ってもいいですか？」

「もちろんだ。一緒に飲めるようにペアグラスを買おうか」

「いつもここを思い出しますね」

私は新婚生活を想像して笑みを深めた。


翌日。素敵なヴェネチアングラスを数点ふたりで選び、かわいい猫のガラスの置物や果物皿を購入して、ホテルでランチを食べた後、ゴンドラに乗船し車を止めているローマ広場へ戻った。

トランクにキャリーケースやパッキングしてもらったヴェネチアングラスなどのお土産品を慎重にしまい、亜嵐さんはフェラーラへと車を走らせる。

田園風景の中ときどき出てくる民家を眺めながら二時間が経った頃、車はフェラーラの街に入った。

クリスマスは過ぎたが、ヨーロッパでは年明けまで飾っているとか。まだクリスマスの雰囲気たっぷりのフェラーラは自然や緑が美しい街並みで、おじい様の所有するお城は街の中心地にあった。

茶色の城壁が物々しく感じられる。

「とても大きいですね……」

「観光客に開放している部分がかなりあるんだ。住居はそれほど広くない」

車を城壁の中に進ませ、数分後、亜嵐さんはアーチ形の二メートル以上はありそうな扉の前に止めた。

それと同時に扉が開き、グレーのスーツを着た年配の男性が中から現れた。黒髪に白髪が目立つ。

私たちが車から降りると、扉から五段ほどある階段を男性が下り、歩を進めてきた。

「おかえりなさいませ。アラン様」

丁寧に頭を下げる男性に、亜嵐さんは私を紹介する。

「一葉、執事のヴィットリーニだ。ヴィットリーニ、彼女は婚約者の一葉。言葉は少しならわかる」

ヴィットリーニ執事は私に向かって頭を下げ、「カズハ様、どうぞ滞在をお楽しみください」とゆっくりした口調で言う。

「ありがとうございます」

イタリア語で伝えると微笑みを返してくれた。

紹介を済ませた亜嵐さんは車のうしろに回り、キャリーケースを出そうとしたところで、ヴィットリーニ執事が慌てて止める。

どうやら運んでくれると言っているようだ。

「一葉、行こう。祖父はサロンにいるようだ」

亜嵐さんは私の腰に腕を回し、扉へ続く階段を上がる。

扉の向こうは、私がイタリアへ来てから観てきたような歴史を感じさせる空間だった。

フレスコ画やステンドグラスを前にして言葉を失う。

ここが、和歌子さんが生活した場所なんだ。

亜嵐さんは大理石のらせん階段を上る。上がりきったところに、古めかしい絨毯が敷かれた廊下が真っすぐ続いている。

「ここがサロンだ」

すぐ右手の扉を亜嵐さんはノックして開けた。

サロンへ入って、暖かさにホッとする。廊下はダウンコートを着ていても外のように寒かった。

広い部屋にドラマで観たような中世ヨーロッパのソファセットや調度品が置かれていて、目を奪われる。

「おじい様」

暖炉の前のひとり用のソファからおじい様が杖を支えに立ち上がり、亜嵐さんを目にしてうれしそうに顔を緩ませる。

亜嵐さんは私が入口で脱いだコートを引き取ってくれる。

「待っていたぞ。外は寒かっただろう。暖炉にあたりなさい」

おじい様は私がいるからか、日本語を話している。

「シニョリーナ、よく来てくれた」

お嬢さん……。名前で呼んでくれないので違和感を覚える。和歌子さんの葬儀のときもそうだった。いつも女性にはそう言っているのだろうか。

でも、よく来てくれたと言われたのにはホッと安堵する。

「一葉、座ろう」

亜嵐さんは暖炉を囲むように向けられた椅子へ促す。私を暖炉に近い方に座らせ、おじい様の隣の椅子に腰を下ろした。

そこへ年配の女性が現れ、飲み物が入った銀のカップがソファ横のサイドテーブルに置かれる。

「寒いだろうからホットワインを入れさせたんだが、シニョリーナは飲めるかね？」

「はい。いただきます」

ホットワインにシナモンスティックが入っており、かき混ぜてそっと口にする。

温かいワインは初めてだ。熱が胃の中にスッと落ちて、すぐに体がポカポカしてきた。ただふた口目を飲もうとしたとき、なんとなく受けつけない気分になった。

やはり胃の具合がよくないのかな。

せっかく出してくれたけれど、それ以上は飲まずにいた。

「豪は変わらずだな」

「ええ。医師や看護師はあきらめずに尽くしてくれていますよ」

「それでいい」

それからおじい様は母国語で亜嵐さんと話し始め、先ほどの年配の女性が焼き菓子やケーキののったお皿を運んできて私の横のテーブルへ置く。

お礼に頭を下げる私に、おじい様と会話中の亜嵐さんが長年働いてくれている使用人だと教えてくれる。

彼女がサロンを出ていくと、亜嵐さんは再びおじい様と話し始めた。

一時間が経ち、話を切り上げた亜嵐さんが私を自分の部屋に案内する。三階の亜嵐さんの部屋に入ったところに、キャリーケースがふたつ置かれていた。

彼の部屋の壁紙には、落ち着いた濃紺に細かい金のストライプが入っており、風景画が飾られている。キングサイズのベッドは絵本や映画でしか見たことがない四柱に囲まれていて、呆気に取られた。

「亜嵐さんって、王子様だったんですね」

思わず感嘆のため息を漏らす私の手を引いて、亜嵐さんはベッドに腰掛けさせる。

「俺はここよりもミラノや六本木の家の方が好きだよ」

「和歌子さんのお墓はここから近いですか?」

「ああ。街のはずれにあるが、車で十五分くらいだ」

「ここを離れる前に行きたいです」

「そうしよう。今日はもう遅いしな。明日行こう」

彼の手が私の頭を優しくなでる。

「亜嵐さんが幼少期、どんな生活を送っていたのか知りたいです」

「写真がある。そこで待ってて」

亜嵐さんは部屋の隅にあるアンティークチェストの引き出しから、二十センチ四方の箱を持って戻ってくる。それは、キラキラしたビジューのような石がいくつもはまった美しい箱だった。

彼は私の隣に座り、間に箱を置いて脚を組む。

「この箱は祖母からもらったものだ。祖母は先代から。そうだ、一葉に受け継いでもらおう」

古くから受け継がれているということは、ビジューではなく本物の宝石……？

「代々からの大事な箱……受け取れません」

「祖母は俺の妻になる女性に渡したかったに違いない。一葉であればなおさらだよ」

「……ひとまず写真を見せてください」

彼は蓋を開けて乱雑に入っている一枚を私に見せる。

「五歳の頃だ」

城の庭園で撮ったのか、芝生の上でボールを抱えている亜嵐さんだ。

「うわっ、とってもかわいいです！」

髪の毛が今よりクルクルしていて天使のようにかわいい。小さい頃から大人たちを魅了していたに違いない。次の写真はスーツを着た小学校高学年くらいの亜嵐さんで、日本のアイドルグループなんて目じゃないくらいの美少年だ。

「亜嵐さん、モテモテだったんでしょうね」

「そうでもないよ」

彼は笑って否定するが、この写真を見てしまっては確信しかない。

「あ、花音さんですね。お隣は、お兄様？」

ご両親、兄妹と一緒の家族写真だった。

お母様は生まれたときからイタリアに住んでいたそうだが、日本人だ。お父様はイタリア人と日本人の血が入っているけれど、容姿は外国人だ。

「そう。兄の豪だ。小さい頃からミニカーを手放さないくらい車好きだったが、俺は本ばかり読んでいた」

花音さんがグランドピアノの前に座り、そばに亜嵐さんが書物を持って立っている写真もある。

夢中になって写真を見ているうちに夕食の時間になった。

サロン横のダイニングルームでイタリアの家庭料理を三人でいただいた。どれもできたてで温かくおいしい。

ここのダイニングルームは、以前サロンとつながっていたそうだ。広すぎるため真ん中で仕切ったと、食事をしながら亜嵐さんは教えてくれた。

食事が終わり亜嵐さんと部屋に戻るが、廊下はそこそこ明るいものの、ひとりだったら歩けないくらい怖い。彼の部屋にシャワールームとお手洗いがホテル並みについていてよかった。

先にシャワーを使った私は、全身がだるく胃の辺りになんとなく気持ち悪さを感じて、彼がバスルームに向かった直後ベッドに横になる。

なんだかこっちに来てからすごく疲れやすいし、食欲が爆発したと思えば胃もたれしたり……。ふと、ドラマで見た女性の症状を思い出した。たしか彼女も似たような体調で、妊娠していたっけ。妊娠……？　まさか。

そこまで考えて、そういえばだいぶ生理がきていないのに気づいた。普段から不順ではあったけれど、さすがにふた月ないのはおかしい。来る前に心労があったからストレスで？　それとも……。

亜嵐さんが一時帰国した十月半ば、ふたりで過ごした日々を思い浮かべる。心あたりがあるだけに、モヤモヤと新たな心配が心を埋め尽くしていくのを感じた。

とはいえ今日一日緊張していたせいか、亜嵐さんがシャワーを浴びている間に眠りに就いていた。

翌朝は空腹感を覚えて目を覚ました。

朝食を三人で食べてもうそろそろ終わるという頃、ヴィットリーニ執事が現れた。

亜嵐さんになにか言付けをしている。どうやら誰か訪ねてきているようだ。

亜嵐さんは驚いたが、おじい様は飲んでいたカップをテーブルの上に置いて「工場長が挨拶に来たんだろう。行ってきなさい」と言った。

フォンターナ・モビーレの家具工場はフェラーラとミラノ郊外にあると聞いている。

「わかりました。一葉、少し待っていて」

「はい」

すでに食べ終えていた彼がダイニングルームからいなくなった。

フルーツがたくさん入ったヨーグルトを前にスプーンを手にしたとき。

「シニョリーナ」

突然、おじい様が私を呼んだ。

「は、はいっ」

ふいにおじい様に話しかけられ、持ったスプーンを即座に置く。

「シニョリーナに話がある」

日本語でそう言ったおじい様は椅子から立ち、ぼうっと見ているうちに床に膝をついてしまった。

「お、おじい様っ⁉」

私は驚いて椅子をガタンとさせて立ち上がった。

「孫と……アランとの婚約を解消してほしい」

今まさに私の目の前でおじい様が土下座している。杖をついているので足が悪いはずなのに。

おじい様の言葉と行動にあぜんとした。

「お願いだ。アランと別れてくれないか」

喉から振り絞るような切迫した様子の声に、私の顔がゆがむ。

「おじい様、立ってください」

「いや、はいと応えてくれるまで立てない。シニョリーナには本当に申し訳ないことを言っている。それは重々承知の上。アランが君を愛しているのもわかる。だが、城を存続させるにはマリーノ家の力添えが必要なんだ」

「マリーノ家……」

「カトリーヌ・マリーノだ。ミラノで会ったと聞いた。彼女の実家はフェラーラでも有力者なのだ」

顔を上げたおじい様は、ぼうぜんと見つめる私の視線から逸らす。

「力添えって、ど、どういう？」

質問する声が震えている。心臓もバクバクしていて泣きそうだ。

「金の問題だ。アランは知らないが、十五年前に城を修復する際、カトリーヌの父親に金を出してもらっている。カトリーヌが女城主になるということで豪と婚約させていたせいで、援助という形で返済はなしでいたが、どうにもこうにも」

「亜嵐さんは知らない……」

「カトリーヌを嫁に迎えなければ、城を手放すことになる。そんなことになれば、先祖に申し訳が立たない」

「お城を手放す……。亜嵐さんはなにも知らないのですか？」

おじい様は私の質問に大きくうなずいた。

「すまない！　ワカコに顔向けできないことをしているのはわかっている」

「今すぐお返事は……おじい様、立ってください」

冷たい大理石の床に膝をついているおじい様に、手を差し伸べて立ち上がってもらう。脚を伸ばした途端、おじい様がよろけた。

「大丈夫ですか？」

「あ、ああ……私も苦しい。だが城を失うわけにはいかないのだ。シニョリーナ、考えてほしい……では……私は自分の部屋へ戻るとする」

おじい様は杖を使いぎこちなくダイニングルームから出ていった。

ガクッと足の力を失い、椅子に腰を下ろす。

どうしよう……私はどうすればいいの……？

立ち去るおじい様のうしろ姿を思い出し、胸が締めつけられるように痛みを覚えると同時に、昨夜にも増して胃のむかつきを覚え、慌ててトイレに駆け込んだ。

もしかして悪阻《つわり》なの……？

一度は亜嵐さんから離れると決めたけれど、今はもっと深く心がつながっている。おなかには彼との子どもがいるかもしれない。それなのに……どうしたらいいの？

亜嵐さんのそばにいられなくなると思っただけで、叫び出したいような衝動に駆られた。

「──葉？　一葉？」

呼ぶ声にハッとなり、運転席の亜嵐さんへ慌てて顔を向ける。

一時間前の朝食の席でおじい様に頼み込まれてから、戻ってきた亜嵐さんと車に乗って和歌子さんの眠る墓地へ出発したのだが、考え事をしているうちに着いていた。

「どうした？　ぼんやりして。眠くなった？」

「ごめんなさい。少し。あ、着いたんですね！」

車窓の外をキョロキョロ見て、助手席のドアに手をかけた。

亜嵐さんも外に出て、後部座席のドアを開けて使用人が用意してくれた花束を抱えた。今朝、市場で買ってきてくれたとのことだ。

彼は私の腰に腕をかけ、大きな鉄柵の観音扉を押して墓地へ進む。

今日は曇天の空が広がっていて、今にも雪が落ちてきそうに寒い。

日本とは違う外国の墓地。

両脇に刈り込まれた樹木が並んでおり、突きあたりに教会がある。

「こっちだ」

亜嵐さんは教会前の脇道を右に曲がる。目に飛び込んできたのはアーチ形の石の入口だ。中に小さな家のような墓石があり、両脇には慈愛に満ちた表情の女性の石彫刻が立っている。

どのくらい前のものなのだろうか。

十四世紀くらいからフォンターナ家は続いているようなので、私には計り知れないくらい価値のある古いお墓なのだろう。

「一葉、花を」

亜嵐さんが持っていた花束を渡される。

日本のお墓参りと違って、故人にではなく神様に祈りを捧げるそうだが、私は花束を丁寧に置いてから瞼を閉じる。

和歌子さん、私はどうしたらいいのでしょうか……。愛する亜嵐さんを苦しめたくない。それだけは確かです。

心の中で和歌子さんに問いかけるが、自分で結論を出さなければならないのだ。

脳裏に、今朝のダイニングルームを出ていくおじい様のうしろ姿が思い出される。

呼吸が苦しくなって小さく吐息をついてから、口もとをぎゅっと引きしめる。

「亜嵐さん、連れてきてくれてありがとうございました。和歌子さんにご挨拶できました」

「ああ。一葉はお気に入りだから、喜んでくれていると思う。寒いな。帰ろう」

亜嵐さんは私のダウンコートのフードをかぶせる。

手をしっかりつなぎ、お互いの手が冷たいことに顔を見合わせて笑って、もと来た道を戻った。


城に戻り、ミラノへ帰る前にお城の中の観光エリアを案内してほしいと亜嵐さんに頼む。

「すまない。何件か仕事の電話をしなくてはならないんだ。案内は祖父に頼もう。俺よりも詳しい」

「わかりました」

おじい様とふたりになるのは戸惑いしかないが、今朝の話からずっと様子が気になっていたので、それもいいかもしれない。

サロンの暖炉の前にいたおじい様に亜嵐さんが私の案内を頼んで、スマホをポケットから取り出した。

「一葉。電話が終わったら追うかもしれない」

「はい。おじい様、ご案内お願いします」

「あ、ああ。行こうか」

おじい様はヴィットリーニ執事からコートを羽織らせてもらい、杖をつきながらサロンを出た。

居住区一階の中央にある扉の鍵を開けたおじい様は、私を中へ進ませる。

広い展示場で、居住区などは暗い雰囲気はあまり感じられないけれど、ここは何世紀もの間の先人たちの生活を垣間見られる空間だった。

天井のフレスコ画はミラノやヴェネツィアで観たものと引けを取らないものばかりで、美しく保存されている。

「この下に地下牢《ろう》もあるんだよ。行ってみるかね」

地下牢と聞いて、私は怖くて即座に首を左右に振った。

いくつもの部屋を案内されて見ていくうちに、先祖から譲り受けた子孫の大変さもわかってくる。この城を維持するのはとてつもなく大変だろう。

私とは本当に住む世界が違うのだと、思い知らされていくようだった。

お兄様がこれらを後世に残せないのなら、亜嵐さんしかいないのだ。

「シニョリーナ、先ほどは勝手に頼んでしまい申し訳なかったね。だが、私の切実な頼みなのだ。君は若い頃のワカコみたいで私も気に入っている。だが、ゴウの事故ですべてが変わってしまったのだ」

おじい様の気持ちが強くわかるが、今は返事ができなかった。

おじい様にいとまを告げ、私を助手席に座らせた亜嵐さんはフェラーラの街を発った。ミラノへは夕方到着予定だ。

「疲れたんじゃないか？　着くまで寝ているといい」

なんとなく亜嵐さんの横顔を見ていると、彼がチラリと視線をやって気遣ってくれる。

「急に仕事が入ったみたいですが、大丈夫ですか？」

「ああ。東京のホテルの納期の件でね」

「ホテルのソファがすべてフォンターナ・モビーレのものだなんて楽しみです」

「二カ所の工場は納期に向けて年明けからフル稼働だそうだ」

彼の言葉にキョトンとなって、もう一度運転席へ顔を向けた。

「年明けって一日ですか？　新年の休暇はないんですか？」

「こっちでは日本のように元日には重点を置かないんだ。ところで城の見学はどうだった？」

「なんだか夢を見ているみたいな気分でした。亜嵐さんや花音さんが生活していたなんて、まだ想像ができないです」

「公開しているところは殺風景だからな。祖父の代から今の居住区しか使っていない。城は後世に残しておかなければならないと思うだけで、家とは切り離して考えている」

それを残せるのは亜嵐さんしかいない。私と結婚したらお城は手放すことになり後世に残せないのだ。そうなったら、おじい様はどうなるの？


ミラノの亜嵐さんのアパートに到着してすぐ、花音さんから料理を持って遊びにいっていいかと連絡があった。

スマホに入ったメッセージを私に読んで、亜嵐さんはため息をついている。

「いいか？」

「もちろんです。帰国する前に会いたいと思っていたんです」

彼は返事をして、花音さんは十九時に来る予定になった。

「一葉、おいで」

カウチソファに横になり足を投げ出した亜嵐さんは、私を手招く。彼の腰の辺りの端に座って顔を向けた。

次の瞬間、私は亜嵐さんの体の上にのせられていた。

「あ、亜嵐さんっ」

「明日帰国するなんて寂しいな」

私の頭のうしろに手をやって自分の方に引き寄せ、軽く唇を重ねる。

「亜嵐さんはいつ頃帰国できそうですか？」

「すぐにでも日本へ行って一葉と暮らしたい。だが、もう少しかかりそうだ。一葉、卒業したら俺が日本へ戻るまでここに来てくれないか？」

見下ろす形で彼を見つめていたが、耐えきれず目を逸らす。

「一葉？」

「……約束が違います。私はここで暮らせません。ここに来たとき、そう言いました」

頭には常に妊娠のこととおじい様の言葉があって、ずっと考えていた。

「ずっとここで暮らすとは言っていない。俺の帰国が決まるまでだ。一緒に日本へ戻ろう」

フルフル頭を左右に動かしながら体を起こして、彼の上から下りて床に足をつける。

「帰国するまでって、いつまで？　亜嵐さんはもうフォンターナ・モビーレの日本支社長じゃなくてCEOなんでしょう？　ミラノを離れられないんじゃないですか？」

ミラノへ来た日、ここでは暮らせないからという嘘の理由で婚約解消を迫ったが、本当は彼のいるところならばどこで暮らしてもかまわなかった。

この数日間、亜嵐さんに愛されてとても幸せだった。だけど、結局はおじい様の気持ちを汲まなければならないのだと思い始めていた。それに私はすでに身重かもしれない。彼にさらなる負担をかけて苦しませてしまう。

亜嵐さんは眉根を寄せて、上体を起こして座る。

「どこにいても仕事はできる。それには準備が必要なんだ」

「わがままと言われても、ここで暮らすつもりはないです」

その言葉を口にするのは胸が痛んだ。

「わがままではない。一葉がわがままだったことなんて一度もない。わかった。準備を早めるようにする」

亜嵐さんは優しい。いっそ私を嫌いになって冷たくしてくれたら、彼から離れる決断ができるのに……。

「ごめんなさい。私、少し疲れているみたいです。花音さんが来るまでベッドで休んでいいですか？」

「もしかして具合が？」

亜嵐さんが即座に私のおでこに手を伸ばして熱を確かめる。

「大丈夫そうだ。花音が来たら起こすから、体を休めているんだ」

「……はい」

天と地がひっくり返るほど考えさせられる一日だった。涙腺が決壊しそうで、下唇を噛んで亜嵐さんから離れた。

なんとなくぎこちない雰囲気が漂っていると思うのは私だけだろうか。

ダイニングテーブルには花音さんが買ってきてくれた料理が並び、亜嵐さんのとっておきの赤ワインを開けてふたりは飲んでいる。

生ハムなど、数種類のハムやチーズがのったお皿には、二種類のオリーブがちりばめられている。

ラザニアや私が気に入っていたピザ生地を揚げたもの、クロワッサンのようなパンの中に生クリームやチョコクリームが入ったスイーツもあった。

花音さんは亜嵐さんにおじい様の様子を聞いている。

「元気だったよ」

「ヴィットリーニ執事や使用人がいるから心配はいらないわよね」

「ああ。気晴らしをしたくなればこっちに来るだろう」

亜嵐さんの静かな声を聞きながら、私はラザニアを口にする。

「一葉さん、とうとう明日帰国してしまうのね」

対面に座る花音さんに話しかけられ、〝帰国〟の単語にビクッと肩が跳ねる。先ほどの、言い合いとまではいかない亜嵐さんとの会話を思い出したからだ。

「はい。お世話になりました。花音さんとあちこち歩けて、おいしいものも食べられて楽しかったです」

「また来てね。私も東京へ行くわ」

「はいっ、今度は東京を案内させてくださいね」

私の気持ちはほぼ固まっていた。

あのわがままなカトリーヌさんが亜嵐さんの奥さんになるのは胸が張り裂けそうなほど嫌だけれど、彼ならうまく結婚生活を送るだろう。

亜嵐さんがカトリーヌさんを抱く……。脳裏によぎっただけで顔がゆがみ吐き気が込み上げてきて、炭酸水をゴクリと飲んだ。

「ヴェネツィアも久しく行っていないわ。ロマンチックよね」

「素敵な場所でした。バーカロのはしごもして」

「はしご？」

花音さんがキョトンと首をかしげると、亜嵐さんが「何軒も行くことだ」と教える。

「そう言うのね。階段のはしごを想像しちゃったわ」

花音さんはふふっと笑みを漏らす。

二本のワインが空になったところで二十二時を回り、花音さんが椅子から立ち上がった。

「ふぅ～飲みすぎちゃった。帰るわね」

頬を赤くして少しふらついている様子だ。

私も立ち上がって、ソファの背にかけてあった花音さんコートを持って戻る。

「一葉さ～ん、ありがとう～帰っちゃうなんて寂しいわ。またね」

花音さんは大きく手を広げて、思いっきりハグする。

「私の方こそありがとうございました」

メンタルがやられているのだろう、そう口にしながら鼻をぐすっとさせてしまった。

「もー、かわいいんだからっ」

「花音、送っていく。待ってろ。コートを取ってくる」

亜嵐さんはその場を離れ、カシミアのコートに袖を通しながらすぐに戻ってきた。

「一葉、すぐに戻る」

「はい」

花音さんはもう一度私にハグをして、亜嵐さんと玄関を出ていく。

玄関のドアが閉まり、私は重いため息を吐き出した。

三十分くらい経ち、ダイニングテーブルを片づけ終えたところで亜嵐さんが戻ってきた。

「おかえりなさい」

「ただいま。片づけてくれてありがとう」

「ううん。当然です」

片づけをしながら、いい思い出だけを残したいと切に思い、亜嵐さんに笑みを向けた。

「亜嵐さん、さっきはごめんなさい」

コートを脱ごうとしていた彼に抱き、頬を胸にぴったり寄せる。

「いや、俺の都合で一葉を振り回して申し訳ないと思っている。もう少しだけ我慢させてしまうが、いいだろうか？」

顔を上げて微笑みを浮かべる。

「もちろんです」

「ありがとう」

亜嵐さんは私と目を合わせながらゆっくり顔を近づかせ、唇を重ねた。

最後に幸せな時間を過ごしたい。

私は甘えるように亜嵐さんの腰に回していた手を彼の首に移動させ、もっとキスが密着するように抱きつく。

「一葉、愛している」

キスの合間に甘くささやかれると、胸の奥がチクチクしてきた。

「亜嵐さん、抱いてください」

「もちろん。一葉を思いっきり抱いて、しばらく会えない期間を過ごせるように心に刻みつけるよ」

彼は私を抱き上げてベッドルームに運んだ。

翌日、二十時三十五分のフライトに間に合う時刻まで、どこにも出かけずにのんびり過ごしていた。

羽田空港への到着は明日三十日の十八時三十分頃の予定だ。

荷造りも済ませ、もうそろそろ空港に向かおうとしたとき、亜嵐さんのスマホが鳴った。

イタリア語で出た彼の表情が、ひと言話した後こわばった。

亜嵐さん……？

早口のイタリア語がかわされる。私にわかるのは〝豪〟〝悪い〟くらいだが、療養中のお兄様になにかあったに違いない。

通話を切り、スマホをポケットに戻す。

「一葉、そろそろ時間だ」

「亜嵐さん？　お兄様になにかあったのでは？」

「風邪をひいて呼吸機能が悪化していると連絡があった」

亜嵐さんはリビングの隅にあるキャリーケースを手にして、玄関に歩を進める。

「行かなくちゃダメです。私はタクシーで空港まで行けるので、お兄様のもとへ向かってください」

玄関に向かう亜嵐さんの背に言うと、彼の足が止まり振り返る。

「一葉……」

「万が一のことがあったら後悔します。亜嵐さん、行ってください」

亜嵐さんは数歩で私の前に戻ってきて、強く抱きしめる。

「私のことはかまわずに」

もう一度、強く言葉にした。

まだ数時間は亜嵐さんといたかったが、やはり運命は私たちに厳しいようだ。

目頭が熱くなってきて涙が出そうだったが、気持ちを振り絞る。

「亜嵐さんっ」

「すまない。タクシーを呼ぶ。気をつけて帰るんだよ」

振り絞るような声でそう言った彼は、私のおでこに唇をあてて腕をほどいた。

七、未婚の母になる決意

旅客機は無事に羽田空港へ着陸した。

ミラノを離れてから、ずっと妊娠しているのかもしれないという不安に襲われ、ぐっすり眠れなかった。せっかく亜嵐さんが取ってくれたファーストクラスだったのに。でも個室というありがたい空間で周りを気にしないで済んだ。

羽田空港からの帰り、コンビニで妊娠検査薬を買った。

検査は怖いけれど、早くわかった方がいいに決まっている。

神楽坂の自宅に着いたのは二十一時前。

「ただいま～」

なんとか出せた明るい声で玄関に入ると、母がリビングから出てきた。

「おかえりなさい。あら、暖かそうなダウンコートね」

「あ、うん。あれじゃあ寒いからって、亜嵐さんが」

「お父さんとお義母さん、一葉の帰りを待っているわよ」

「手洗いを済ませたらリビングに行くね」

母から離れて洗面所へ向かい、手洗いとうがいを済ませてからリビングへ行った。

「おばあちゃん、お父さん、ただいま」

「一葉、おかえり。楽しかったかい？」

「うん。もちろんよ。亜嵐さんがお土産を用意してくれたの。ちょっと待ってね」

玄関に置いたお土産が入ったバッグを持ってみんなのもとに戻った。翔もいつの間にかソファに座っている。

「翔ったら、いつもタイミングがいいんだから」

「おかえり。もちろんお土産目あてに決まっている」

ふんぞり返って話す翔に家族が笑い、日本へ戻ってきたんだと実感した。

亜嵐さんがたくさんお土産を持たせてくれたので、家族は驚いている。

私が長い期間家族と離れたのは初めてで、快く行かせてくれた祖母や両親の手前、暗い顔はできずに明るく旅行の話をした。

この旅行の記念にと購入したヴェネチアングラスは、移動中に割れたら怖いという理由で亜嵐さんの家に置いてきた。

本当のところは、あのグラスが目に届くところにあったらつらいからだ。

亜嵐さんからは、お兄様は持ち直したとメッセージが届いていた。そして空港で見送れずにすまなかったともあった。

お風呂へ入る前に検査薬で確認すると、二本の線が浮かび上がり、やはり妊娠していた。市販の検査薬では確実ではないが、今までの体調面を考え、おなかの中に赤ちゃんがいるのだと思う。

どうしよう……。


帰国した翌日は大晦日。蕎麦屋のわが家は朝から大忙しだ。

でも、どうしても仕事に集中できず、考え事をしてしまう。

約三年半、亜嵐さんと会ってきたけれど、この旅行ほど濃い時間を過ごしたことはなかった。

別れるつもりでミラノに行ったが、亜嵐さんの気持ちは全力で私に向けられていて安心させてくれた。でも、結局は婚約解消しか道はないのだ。

亜嵐さんがおじい様の説得でカトリーヌさんと幸せになるのを見守るしかない。

「おい、一葉！　なにをぼうっとしている！　三番テーブルできあがったぞ！」

父の怒号が聞こえ、ハッと我に返った。

「あ！　はいっ！」

ステンレスの作業台の上のかけ蕎麦二人前のトレイを持って、三番テーブルに運ぶ。

「お待たせいたしました！」

年配の夫婦のそれぞれの前に配膳して、厨房へ戻った。

今は十四時で、お店の外にお客様は並んでいる様子。お昼休憩は厨房の隅でササッと食事をするだけになる。それが毎年恒例のわが家の大晦日だ。

近くの神社の参拝客が来るので、営業は夜二十二時まで。

今は亜嵐さんのことは頭の隅に追いやって仕事に専念しようとするが、体がだるく腰も痛かった。


「はぁ～、疲れた！」

翔がリビングのソファで倒れ込む。おせち料理の担当だった祖母はすでに作業を終えて自室にいるようだ。両親はお店の後片づけ中で、私たちは先に家に戻ってきた。

「おつかれさま」

私もぐったりで、胃がムカムカして、体が熱っぽかった。

早くお風呂に入って眠りたい。

「バイト代弾んでくれるのはいいけど、姉ちゃんが嫁に行ったらどうするんだ？」

翔の言葉にビクッと肩が跳ねる。

「……そうだね。アルバイト募集するんじゃないかな。私、お風呂入ってくるよ」

「だよな。俺だって来年は手伝えるかわからないし。そうだ！　テレビ！」

翔は思い出してむくっと体を起こし、テレビのリモコンを手にした。

三が日が過ぎて、四日。それまで病院は休みだったので、ようやくレディースクリニックへ行くことができた。

行けば現実を突きつけられるのは間違いない。でも、このままでいるわけにもいかない。

「おめでとうございます。妊娠十週目ですね。明日から十一週に入ります」

目の前の女性の医師の言葉がぼんやり聞こえてくる。

ふーっと意識がなくなりそうな感覚に襲われたが、先生が腕を軽く揺すぶりハッとなる。

「水野さん？　大丈夫ですか？」

「すみません……平気です」

先生は手もとのカルテへ視線を落としてから私を見る。

「妊娠の冊子をどうぞ。未婚ですね。万が一、中絶の場合は早いうちに」

「中絶……」

書類を手にして診察室から出る。

ハッと我に返り冊子をバッグにしまい、数分後、会計を済ませてレディースクリニックを後にした。

自宅に戻って二階の自室のベッドに横になる。

両親はお店で、祖母は近所の親しい友人と新年会へ行っているので、家にはひとりきり。部活で忙しい翔はもちろん学校で練習だ。

おなかの中に亜嵐さんの赤ちゃんがいる……。

産みたい……。でも、別れなければならない……。

どうすればいいの……？

頭の中は赤ちゃんと亜嵐さんのことで埋め尽くされ、ずっと考えていた。

その時間のおかげで、ようやく亜嵐さんに婚約解消を告げられる気持ちをかき集められた。

亜嵐さんは一日から休みなしで仕事をしているだろう。

真夜中一時過ぎ、ベッドに腰を下ろしてスマホを震える指でタップした。ミラノは十八時を回ったところ。

呼出音が聞こえる中、心臓が大きく鼓動を刻んで痛みを覚える。

数回の呼び出し音の後、亜嵐さんの心地よい声が聞こえてきた。

《一葉、こんな時間に珍しいな。うれしいよ》

私の電話に驚いた様子だけど、そう口にする彼の笑顔が頭に浮かび、胸がギュッと締めつけられた。

「亜嵐さん、ごめんなさい……。私の気持ちはミラノへ行ったときと変わりませんでした。婚約解消してください」

考えて考え抜いた言葉だった。

スマホから亜嵐さんのひゅっと息をのむ音が聞こえた。

《一葉？　いったいなにを言っている？》

「婚約、解消してください」

どうか声が震えて聞こえませんように……。

スマホを持っていない右手でパジャマの膝部分を強く握る。

《だから意味がわからない。納得してくれていただろう？　こっちの業務を整理した

ら日本へ戻るから待つと》
「あのときはケンカ別れしたくなかったからです」
《一葉！》
いつも冷静な亜嵐さんが声を荒らげて、心臓がキュッと縮む。
「以前から好きな男性がいたんです。いつも一緒にいてくれない亜嵐さんとは違う、そばにいてくれる人が」
《君は好きな人がいるのに、俺に抱かれたのか？》
「……そうです。私って、そんな女なんです。和歌子さんの眠るお墓に連れていってもらったのも、婚約解消しますと伝えたかったからなんです」
《本当に祖母に話したのか？》
あのとき、和歌子さんに話した言葉を思い出す。
【和歌子さん、私はどうしたらいいのでしょうか……。愛する亜嵐さんを苦しめたくない。それだけは確かです】
そのとき、亜嵐さんとは別の声が聞こえてきた。
《あら、お電話中だったのね》
イタリア語の女性の声だ。カトリーヌさんに違いない。

「亜嵐さん、さようなら」

これ以上の会話はつらいので、カトリーヌさんの登場は助かった。

彼はミラノを離れられないのだから、いずれ私を忘れておじい様の勧めるカトリーヌさんと結婚するだろう。婚約解消になって数カ月経ったら、おじい様はお城とマリーノ家の話をしてふたりの結婚を勧めるはずだ。

通話を切ったとき、今までたくさん悩んで泣いたので涙は出ずに、ただただ空虚感に襲われるばかりだった。

スマホの電源を落として、ゴロンとベッドに体を投げ出した。

翌朝、目を覚ました瞬間、胃がムカムカしてきて吐き気をもよおした。

急いで一階のトイレに駆け込んで、胃の不調と戦う。

これが悪阻……？

今まで胃が重苦しくなったことはあったけれど、込み上げるような吐き気はなくて、私は悪阻が軽い体質なんだと勝手に思っていた。

精神面のつらさが体調にも出てしまったのかも……。

フラフラとトイレから出て、もたれるようにしてドアを閉め部屋へ戻ろうと振り返った。

「お、おばあちゃん！」

祖母が立っていたのだ。

「長いトイレだね。具合でも悪いのかい？」

「あ……うん、胃にくる風邪かな……もう少し休むね」

祖母の視線から逃れるようにそう言って、なんでもないふうを装い階段を上がった。

まだ祖母や両親に話す勇気がない。

亜嵐さんと別れたのなら、赤ちゃんは産まないようにと説得されそうだ。妊娠検査薬を使ってわかったときからずっと考えていても、赤ちゃんを産んで育てたい気持ちは強くなる一方だった。

もう一度ベッドに横になり天井を見つめる。

体が重い……。

あまりのだるさにおでこに手をあてると、熱い気がした。ミラノで亜嵐さんがこうして熱を確かめてくれたときを思い出して、目尻がじんわり濡れてくる。

妊娠初期は体温が高いと、ネットで調べたページに書いてあった。

ずっと隠しておけるものではないだろうな……。

結局、朝食も昼食も抜いて睡眠を貪っていた夕方、少し前に目を覚ましてぼんやりしていた私の耳にドアをノックする音が聞こえてきた。

「一葉？　大丈夫かい？」

ドアの向こうから祖母の声がした。

「うん」

ベッドから下りてドアを開けた先に、祖母がホットミルクを入れたマグカップを持って立っている。

「おなかは空かないのかい？」

「少し空いてる。ありがとう。これ飲んだら夕食手伝うね」

マグカップを渡した祖母は引き返そうと背を向けた。

「……おばあちゃん、話したいことがあるの」

祖母の背を見ていたら、突発的にすべてを話さなければ気が済まなくなった。

私の声に祖母は振り返り、戻ってくる。

祖母をベッドの端に座らせ、私も隣に腰を下ろした。

「話って、なんだい？」

静かな声で尋ねる祖母は私の両手を握る。今から話す内容を見越しているかのような祖母に、小さく微笑んでから口を開いた。

ミラノを訪れた理由から始め、おじい様に土下座して謝られたことまで包み隠さずに言った。

話を黙って聞き終えた祖母の目から涙がこぼれた。

「土下座とは……。お前は……それでいいのかい？」

「だって、お城を守れなくなるんだよ？　私には規模が大きすぎるわ」

祖母につられて我慢していた涙がポロポロ頬に伝わって落ちる。

「まったく……不憫な子だよ……。こんなことになってお前に申し訳ないよ。引き合わせなければよかったと後悔だよ」

「おばあちゃん、私は亜嵐さんに出会えて素敵な日々を過ごせたの。だからそんなふうに思わないで。おばあちゃんたちのせいじゃない。運命だったんだよ」

「かわいそうに……その年で割りきれるもんじゃないよ」

祖母に抱き寄せられて、背中をポンポンとさすられて昂っていた気持ちが落ち着いてきた。

「もうひとつ……あるの」

勇気を振り絞って、涙にむせぶ目を祖母に向ける。

「妊娠したんだろう?」

「おばあちゃん……」

私は驚いて言葉を失った。

「トイレからあんな顔で出てきたらわかるさ。一葉はどうしたいんだい?」

「私、産みたい。でも、働いていないし、生活力もない私にちゃんと育てられるのか心配で……」

いつか亜嵐さんが知ることになったら苦しませてしまう。それでも、愛している亜嵐さんの赤ちゃんを産みたいと思う気持ちに襲われた。

「一葉の好きにしたらいいと思っているよ。私がついているよ。生活はなんとかなるさ。一葉の気持ちが固いのなら、全力で支えよう」

「おばあちゃん……でも、お父さんが……」

亜嵐さんと別れた上に妊娠したと言ったら、どんな反応をされるのか怖い。

「私が味方だよ。曾孫ができるんだ。一葉に覚悟があるのなら、こんなにうれしいことはない」

祖母の気持ちにホッと胸をなで下ろす。

「ありがとう。おばあちゃん。心配かけてごめんなさい」

祖母のおかげで気持ちの整理がついて、両親に話す勇気も出てきた。祖母がそばについていてくれるから心強い。

「一葉のせいじゃないよ。思ったより強くておばあちゃんは少し安心してる」

祖母の腕の中で「大丈夫だから」と言ってコクッとうなずいた。


その夜、部活で帰りの遅い翔を除き四人で食卓を囲んでいるときに、勇気を振り絞って話を切りだした。

「お父さん、お母さん、亜嵐さんと別れました。でも、おなかに赤ちゃんがいます」

くどくど言えず端的に言葉を紡ぐと、一瞬水を打ったような静けさに包まれた。

父は咀嚼していた食べ物をゴクリと飲み込む。

母は驚きすぎている様子で、箸でお米を掴む動きが止まった。

「ごめんなさい。突然で驚くのも無理はないけれど、亜嵐さんと別れるのは事情があって――」

「それは私から話すよ」

祖母が続けてくれた。

両親は祖母の話を聞きながら、憂慮の表情を何度も私へ向けた。

「和夫、温子さん、この子が悩みぬいて出した答えなんだよ。私は応援する」

祖母がはっきり言いきるが、父は腕組みして考え込んでいる。

お父さんはやっぱり衝撃だったよね……。

母へ視線を向けると、父の考えを待っているみたいに見えた。

「お願いします！　私、産みたいんです」

両親に向かって頭を深く下げる。

そして数分の沈黙の時間が過ぎたのち、父はポンと膝を手で打った。

「一葉、つらかったな。お前が決めたことだ。反対しないぞ。シングルマザーなんざ、今時珍しくないさ。お前が幸せならそれでいい」

父の言葉に目頭が熱くなり、胸もキュッと締めつけられて涙腺が決壊した。

「お母さんも応援するわ。家族が増えるなんてとてもうれしいわ」

エプロンのポケットからハンカチを取り出して、泣く私の手に握らせる。

「……う、うう……お父さん、お母、さん……おばあちゃん。ありがとうございます」

生まれてくる赤ちゃんは父親の愛情は得られないが、家族に守られて幸せになれる。

「予定日はいつなの？」

母に尋ねられ「七月二十七日」だと答える。

「妊娠初期は大変よ。無理しないで大事になさいね」

「お母さん、ありがとう」

それからは赤ちゃんの性別の話などで、先ほどのしんと静まり返った食卓は驚くほど賑やかになった。


一月は引きこもるような生活をしていた。

亜嵐さんを忘れるためにスマホの番号を着信拒否し、メッセージアプリも削除している。

家の電話に亜嵐さんからかかってきた際にも出ずにいたら、家族の誰かが私の気持ちを汲んで着信拒否設定をしたようだ。

大学はあと数日行けば卒業式まで足を運ばなくていい。今まで習っていたイタリア語の教室と料理教室もやめた。悪阻もひどく、だらだらと過ごしている。

悪阻が治まったら、負担のかからない程度にできるアルバイトを探すつもりだ。

一月末、妊娠十四週に入った。

悪阻も落ち着き体調もよくなってきたので、真美に会って話をしようと思い、ランチに誘った。

場所は亜嵐さんを最初に案内した川沿いのカフェレストランだ。ここは広いテラスに大きなしゃれたストーブが置かれ、テーブル数もかなりあり雰囲気はいいのだけれど、風邪をひくわけにはいかないので室内を選んだ。

テラスではストーブの近くの席にカップルが座り、暖を取りながら食事をしている。

「ここに来るの久しぶりよ」

対面に座った真美はニコッと笑う。

「うん。私も」

メニューを決めていたので、その場でオーダーしてスタッフが去っていく。

「桜の時季にこの場所で食事したいね」

川沿いの桜が見事で予約がなかなか取れない人気のレストランだ。

「あ、でも桜を一緒に見るなら亜嵐さんとよね」

真美が冷やかすように顔を近づけてニヤニヤする。

「そんなことないよ。桜の時季に来たいね。これイタリアのお土産。渡すのが遅くなっちゃった」

真美のお土産にヴェネツィアで買ったキラキラ光る重厚なガラスの文鎮やクッキー、彼女に似合いそうなローズ色のリップを選んだ。

「ううん。ありがとう！　どうだった？　もちろん楽しかったでしょうけど」

真美にも、ミラノへ行く際に婚約解消が目的だとは言っていなかった。

「すごーく楽しかった！　実はね」

当初の目的や、結局はどうにもならない理由で婚約解消をした旨を真美にかいつまんで話した。そして妊娠していることも。

途中でボロネーゼのパスタとシーフードピザ、サラダなどが運ばれてきて口を閉じたが、スタッフがいなくなると再び話しだす。

真美は瞳を潤ませて言葉を失っている。

「亜嵐さんと過ごした時間はとても幸せだったから、恨みなんてないし、彼には幸せになってほしいと願っているの」

「一葉……つらかったね。でも、ひとりで赤ちゃんを育てるなんて……」

テーブルの上に置いた私の手に真美の手が重なる。

「うん。すごく悩んだし、悲しかったし、憤ったし、いろいろな感情が交互にやってきて気が狂っちゃうんじゃないかと思ったけれど、おばあちゃんに話したら憑《つ》き物が落ちたみたいに気が楽になったの。赤ちゃんも絶対に産みたい。家族には迷惑かけちゃうけど」

「一葉、がんばったね。それにしてもお城に住んでいる家系なんて、世界が違うわ。おじさん、おばさん、おばあちゃんがついていれば心配いらないと思うけど、私も手伝うからね」

「真美、ありがとう。心強いよ。さあ、食べよう。冷めちゃう。亜嵐さんのお家とうちとでは世界が天と地ほど差があるのをひしひしと感じたわ。観光客に公開していて地下牢もあるって。怖くて観にいけなかった」

ぶるっと肩を震わせてみせる。

「地下牢⁉」

ボロネーゼパスタをフォークでクルクル巻いていた真美は手を止めて目を丸くする。

「デザートのときに、撮ってきた写真見てね」

「見たい見たい！　早く食べちゃおう」

そう言って真美はパスタを頬張った。

三月三日、大学の卒業式の日を迎えた。

もうすぐ妊娠六カ月目に入るが、卒業式には袴を身につけて出席したくて、祖母が丁寧に保管していたものを着せてもらうことになった。朱の着物と紺の袴だ。

「一葉、調子はどうだい？」

祖母が着つけてくれながら私の様子をうかがう。

安定期で食欲旺盛、おなかの膨らみは小さい方らしいけれどだいぶ出てきた。でも袴だとうまく隠れていて、見た目では妊娠しているかわからないだろう。

「安定期になって、ホッとしてる。悪阻がひどいときはちゃんと育っているのか心配だったけれど」

「あまり神経質にならずに、ドンとかまえていれば大丈夫さ。よし、これでいい。今日の昼食は、卒業祝いに幸《みゆき》さんのところの料理だからね」

「え？　幸さんの？」

幸さんとは神楽坂で有名な『幸《みゆき》』という料亭だ。

「おばあちゃん、あそこはすごく高級なのに。いいの？」

以前、祖母の七十歳の誕生日に家族で行っただけだが、料亭の雰囲気もさることながら料理も最高においしかった。

「いいんだよ。それくらい私にだって出せるよ。式典は十二時半には終わるんだろう？　直接幸さんに来るんだよ。十三時に予約をしているから。おや、電話だ。行きなさい」

テーブルの上の祖母のスマホが鳴っていた。

「ありがとう。わかったわ」

祖母の粋な計らいに笑みを漏らし、支度を終えた私は家を出た。

おなかを負担にならない程度に締めつけられて式典の最中座っていられるか心配だったが、無事に最後までいられた。

卒業証書と一輪の赤いカーネーションを持って、同じ学部の友人と出る。

「わ、あの人かっこいい！　あんな大きな花束持って。待ち合わせの女子は幸せよね」

隣を歩く友人が立ち止まって私の腕を掴む。

かっこいい男性で大きな花束と聞いて、亜嵐さんが脳裏をよぎり、心臓がドキッと音を立てた。彼かもしれないと淡い期待が押し寄せてきて、すぐに自分を戒める。

そんなわけないのに。

まだ亜嵐さんとの約三年半のことを毎日思い出している。絶対に忘れられない人だ。

あり得ないとわかっているのに、友人が教える方向へ胸をドキドキ暴れさせて顔を向ける。

亜嵐さんとは似ても似つかない花束を持った男性のもとへ、袴姿の卒業生が駆け寄るところだった。

私は「はぁ〜」と、小さく吐息を漏らした。

亜嵐さんのわけがない。なんで期待しちゃっているんだろう。バカみたい……。

「どうしたの？」

「ううん、なんでもない。卒業したんだなと思って」

飯田橋の駅で友人と別れ、私は神楽坂方面に歩を進める。

祖母と約束した料亭へ向かう。

上りの坂道が草履を履いている身としては歩きづらいけれど、タクシーを拾う距離でもない。

こうして足を運んでいる間も、頭の中ではいろいろな思い出が目まぐるしく動いている。

私の大学生活を占めていた一番の存在は、紛れもなく亜嵐さんだった。

胸が苦しくなるくらい悲しみに襲われるが、私には生まれてくる赤ちゃんがいる。

これからの生活はどうなっていくのかまだ想像できないけれど、この子がいれば苦しくてもがんばれる。

亜嵐さんを無理やり吹っきらなくてもいい。いつかこの子に、あなたのパパは最高に素敵な人だったと教えてあげたい。

料亭のしっかり手入れされた庭を通り、玄関へ足を運ぶ。

格子の引き戸に手をかけようとすると、中から仲居さんの手で開けられる。

上がり框の上に母くらいの年齢の女将が立っていた。クリーム色の着物姿で、たおやかに頭が下げられる。

「いらっしゃいませ」

「水野と言います」

こういった高級な場所でも物おじしない所作を身につけられたのは、亜嵐さんのおかげだ。

「お連れ様はいらっしゃっています。どうぞこちらへ」

草履からスリッパに履き替えて、艶々に磨かれた廊下を進む。

奥の襖の前で、女将がその場で声をかける。

「お嬢様がおいでになられました」

襖を開けて入るように促され、一歩足を踏み出した。

「おばあちゃ……」

六畳ほどの個室にいると思っていた祖母はおらず、代わりにいた人物の姿を捉え、私は金縛りに遭ったみたいにその場を動けなかった。

背後で襖が閉まる。

「一葉」

大好きな、ぞくりとさせる声色の持ち主が椅子から立ち上がり、近づいてくる。

「……亜嵐さん、どうして？」

「一葉、すまなかった。日本で一葉と暮らすために戻ってきた」

亜嵐さんが腕を伸ばし、困惑している私を抱きしめる。

「わ、私と暮らすため？　私たちは別れたんです。ほかに好きな人がいるんです」

「俺は別れたつもりはない。好きな人？　この二年、あんなにも情熱的な夜を過ごしていたのに？　それは信じない。一葉の嘘なんてすぐにわかる」

彼は自嘲するように口もとをゆがめた。

「着信拒否されて、連絡の取りようがなくやきもきしていたよ。だが、一刻も早くミラノを離れるために、仕事に力を注ぐのが一番の解決策だと悟ったんだ」

「私とは結婚できないはずです」

亜嵐さんはお城のために、カトリーヌさんと結婚しなくてはならないのだから。

「なぜ結婚できないというんだ？　俺が愛しているのは一葉なのに。カトリーヌを妻にしようなどと少しも思っていない。勝手に決めつけるな」

ムッとしたように口もとを引きしめてから、ふっと笑みを漏らし、私のおでこにキスを落とす。

「苦しませて本当に申し訳なかった。城の件で祖父に頼まれたんだろう」

「お城は？　どうなっちゃうんですか？」

亜嵐さんがカトリーヌさんを避けていたのは態度でわかっている。けれど、彼女と結婚しなければお城が……。

「俺は城よりも一葉が大事だ。維持ができないのなら、処分をすればいい」

少し苦々しく聞こえるのは亜嵐さんの本音なのだろう。

「亜嵐さん……」

「城を継ぐつもりはない。祖父の思いに応えられないのは苦しいが、愛している一葉をあきらめてまで城のために結婚するなんて絶対にない」

「……本当に？　本当にいいんですか？　おじい様はなんとおっしゃっているんで

しょうか？」

夢を見ているみたいで信じられない。その思いとともに、おじい様が気になった。

「フォンターナ・モビーレの経営は日本に移した。正直言うと祖父はまだ納得はしていない。だが、いずれは折れてくれるだろう」

「そんな……」

亜嵐さんの決心に私の顔がこわばる。

「フォンターナ・モビーレのＣＥＯを辞める覚悟だったが、たくさんの従業員の生活がかかっている。ほかの者がＣＥＯになって経営が危ぶまれるのだけは避けたい。うちの工場で働く人々を動かすのは大変なんだ。だから辞める選択はできなかった」

亜嵐さんはぼうぜんとなる私に微笑みを浮かべ、椅子に誘導して座らせる。

「一葉はなにも心配しなくていい。遅くなった。卒業おめでとう」

亜嵐さんは綺麗に咲き乱れた大きな花束を差し出した。

「三日後の一葉の誕生日に入籍しよう。約束通り、結婚式はハワイがいい」

亜嵐さんは私と一緒になるために、ミラノの生活を整理して戻ってきてくれたのだ。

ようやくその事実を感じられて、花束を抱きしめながら涙があふれ出てきた。

「一葉、愛している。もう二度とつらい思いはさせない」

　亜嵐さんは真摯な眼差しで見つめる。

「あ……亜嵐さんっ！」

　怒涛のように押し寄せてきたうれしい感情のままに立ち上がり、花束ごと彼に抱きつく。ラッピングのセロハンがグシャッと音を立て、慌てて体を離した。

　亜嵐さんはふっと笑みを浮かべ、私から花束を引き取りテーブルの上に置く。そしてもう一度抱きしめ、唇を甘く塞いだ。

　彼の懐かしい爽やかな香りで、思い出が蘇り涙が止まらない。

　妊婦は感情の浮き沈みが激しいというが、この涙は仕方ないと思う。

　亜嵐さんはスーツのポケットから大判のハンカチを出して、涙を拭いてくれる。

「つらい思いをさせてしまった償いはこれからしていく」

「償いだなんて、そんなんじゃないよ。一緒にいてくれるだけでうれしい」

　……赤ちゃんのこと話さなきゃ。

　着物と袴で膨らみが目立っておらず、卒業式でもだれも気づかなかった。

「亜嵐さん、おなかに赤ちゃんがいるの」

　告白直後、彼の涼しげな目が大きく見開いた。

「赤ちゃんが……そうだったのか……。一葉、最高の気分だ」

亜嵐さんはもう一度優しく私を抱きしめて、おでこに唇を落とす。

「君に不安な思いをさせてしまったことが悔やまれる」

「私が決めたことよ。今は信じられないくらいに幸せ」

「座って。そろそろ食事を頼もう」

私をもう一度座らせた亜嵐さんは、部屋の壁にかけられた電話の受話器を取って連絡すると、戻ってきて対面に腰を下ろした。

「俺の子どもを産むと決断してくれてありがとう。そうじゃない判断もできたはずだ」

「病院で妊娠がわかったとき、絶対に産みたいと思ったの。亜嵐さんの子どもだから。おばあちゃんが味方になるからって。心強かった。お父さんもお母さんも反対せずに応援すると言ってくれたの」

「素敵なご家族だ。今まで一葉と赤ちゃんを守ってくれて、感謝しかないよ」

亜嵐さんは心底ホッとした様子だ。

そこへ仲居さんが現れた。

「お祝いにシャンパンと思ったが、飲めないな。ノンアルコールはありますか？」

「はい。水野様からのご注文でご用意しております」

仲居さんの言葉で、まだ聞いていなかったことを思い出す。

「ではそれをお願いします」

亜嵐さんが頼むと、仲居さんは部屋から出ていった。

「おばあちゃんと連絡を取っていたんですか？　いつから？」

「二月の中旬だ。電話がつながらないから、おばあ様宛てに手紙を書いて山下君に持たせた」

「え？　山下さんがうちに？」

「ああ。信頼のおける者にしか任せられなかったんだ」

「じゃあ、おばあちゃんは二週間前くらいから亜嵐さんと話をしていたんですね」

「ああ。手紙を読んだおばあ様が連絡をくれて、卒業式の日付や一葉の様子を教えてくれたが、妊娠の話は知らされなかった」

おばあちゃん……。

「きっと私から話させたかったんですね」

「そうだろう。この場所を予約してくれたのもおばあ様だ」

「だから、ノンアルコールの飲み物を……」

粋な計らいをしてくれた祖母に心から感謝し、今すぐ会いたくなった。

そこへ先ほどの仲居さんが現れて、ワインクーラーに入れたボトルとグラスを置く。

ポンという音を立ててコルクを抜いてくれて、仲居さんは静かに部屋を出ていった。

亜嵐さんが二脚のグラスに注ぐ。

「乾杯しよう。もう俺たちはどんなことが起きようとも揺るがない」

「はい。もう……離れませんから」

今まで、お祝いのときなどに乾杯していた私たちはグラスを掲げるだけだったが、今回はふたりの気持ちを固めるようにグラスをカチンと小さく合わせた。

祖母が料亭に伝えてくれていたようで、メニューは生ものではなく火の通った懐石料理を出してくれ、私たちは堪能した。

会計では亜嵐さんが支払おうとしたが、すでにいただいておりますのでと言われた。祖母の江戸っ子気質ゆえの、私たちへのお祝いだったのだろう。今日のことは今まででで一番のサプライズだった。

それから私たちは家に戻った。

ちょうど両親も休憩時間で、祖母から話を聞かされていたみたいで、亜嵐さんが姿を見せても驚かなかった。

リビングのソファに私と亜嵐さんが並んで座り、両親が目の前に、ひとり掛けのソファに祖母がいる。

「このたびは、多大なご心配をおかけして申し訳ありませんでした」

亜嵐さんが真摯に両親たちへ頭を下げる。

母はそうでもないが、父の表情は硬い。そこで祖母が口を開く。

「こんなに幸せそうな一葉を見るのは何カ月ぶりだろね。和夫、娘が幸せになるんだ。やきもきさせられたが、祝福しかないだろう」

祖母の助けで、父の表情が和らいでいく。

「そりゃあな。なんといっても一葉の気持ちが大切だ。亜嵐君のためを思って身を引いた娘に、内心苛立ちもした。だが、結局は娘の決断も褒めたよ。赤ん坊も生まれてくるんだ。これからはふたりで幸せな家庭を築いてほしい」

父の気持ちに、私は瞳を潤ませる。

「一葉さんを絶対に幸せにします」

亜嵐さんがもう一度万謝し、私も頭を深く下げた。

八、愛される日々

翌日、私を迎えにきた亜嵐さんの車に乗って、十分ほど走った永田町《ながたちょう》に近いタワーマンションへ連れていかれた。この辺りはオフィス街が広がっているけれど、皇居が近くて緑も多く、治安がいいと言われているエリアだ。

エントランスでカードキーを出した彼は私をロビーへ進ませる。ロビーには三組分のソファが置かれている。

六本木のレジデンスのようにコンシェルジュがいる、豪華なマンションだ。

「亜嵐さん、ここは……？」

エレベーターホールまで行ったところで尋ねた。

「俺たちの新居に選んだ。どうかな？　神楽坂なら電車でも近いだろう」

「でも、六本木のレジデンスがあるのに。会社にだって遠くなるわ」

彼はふっと口もとに笑みを浮かべ、開いたエレベーターに私を乗せる。

ブラウンとグレーを基調とした落ち着いたエレベーターで、一面だけ鏡が張られている。

「あそこは花音に譲ろうと思っている。花音もこっちで勤務することが決定した」

「花音さんが！　うれしいです」

　笑みを深める私の頭に、亜嵐さんの手のひらが置かれる。

「ここなら会社へ行くのにもそれほどかからないよ。それよりも赤ちゃんだって生まれる。実家が近い方がいいだろう。おばあ様やご両親に赤ちゃんを頻繁に会わせたい」

「亜嵐さん……」

　彼の気持ちに胸が熱くなって、頭に置かれた亜嵐さんの手を顔の前に持ってくる。

「この辺りは意外と子育てに適していると聞いて。いずれは子どもを授かりたいと思っていたから、よさそうな物件を山下君に探してもらった。独断で決めたが、一葉が気に入らないのであれば別のところを探すから」

　私は顔を引きつらせながら、首を横に振る。

「気に入らないはずはないです」

　そこで三十二階の最上階にエレベーターが到着して降りる。

「こっちだ」

　最上階の世帯数はそれほどなさそうだ。

　亜嵐さんはカードキーを使って玄関ドアを開け、私を促す。

用意されていたスリッパに足を入れて廊下を進み、すりガラスのドアを開けた瞬間、明るさに目を瞬かせる。

家具がまだ入っていない室内は広々と見えるが、間違いなく広いだろう。

フローリングは艶やかな白木だ。

「窓が大きいですね」

角部屋の二面が大きな窓で、入口に立っているのに富士山《ふじさん》が見え、パタパタとスリッパの音をさせて近づく。

「亜嵐さん！　富士山が見えます！」

振り返って彼に指を指して教えると、美麗な顔を緩ませていた。

「どうして笑っているんですか？」

「一葉が楽しそうだから、幸せだなと思ってね」

亜嵐さんは私のもとへやって来て抱きつく。

「私も幸せです」

心が穏やかになったせいか、すっかり体調もよくなった。

「おいで。部屋を案内するよ」

節のある大きな手に手が包み込まれ、ほかの部屋を回っていく。

4LDKの室内は広く、キッチンから洗濯ルームなどへの導線もよくて、快適に暮らせそうだ。

「亜嵐さん、こんな素敵なマンションに住むのが夢だったんです。うちは古い一軒家で、不便なところも多かったから」

「気に入ってくれてよかった。では、一葉の体に負担がかからない程度で家具や日用品を揃えていこう」

「家具はフォンターナがいいのですが……高すぎますよね？」

「一葉、誰に向かって言ってるんだ？　君がそうしたいというのなら明日にでも揃えてみせるが？」

自信たっぷりの亜嵐さんがおかしくて、私の笑い声がリビングに響いた。

「体調がよければ、六本木のショールームへ行こうか」

「はいっ！」

部屋を後にして、エレベーターで地下駐車場へ向かった。

二十二歳の誕生日。

午前中、区役所で婚姻届を提出し、私は亜嵐さんの妻になった。ようやく愛している人と結ばれ、長かった歳月を振り返ってみると感慨深い。

まだ亜嵐さんのおじい様に許しを得ていないので、これでいいのかと悩むが、どんなことがあっても私は彼を第一に考えてついていこうと心に誓った。

入籍をしてから家族に報告をしにいくと、祖母と母が昼食を作って待っていてくれた。お店はちょうど定休日で父もいる。

テーブルに祖母の得意料理の五目寿司や煮物、パリッと揚げられた具だくさんの春巻きやマカロニサラダなどが並ぶ。

「亜嵐さん、こんな料理で恥ずかしいけど、よかったらたくさん食べていっておくれ」

祖母は亜嵐さんに食べてもらうために作ったのだろう。

「ありがとうございます。とてもおいしそうです。祖母もお祝いがあると五目寿司を作ってくれていたので、懐かしいです」

「入籍おめでとう。亜嵐君、娘をよろしく頼むよ。じゃあ、乾杯しようか。一葉、二十二歳になったか、おめでとう」

父はこの後車を運転する亜嵐さんのためにノンアルコールのビールをグラスに注ぎ、女性たちはお茶で乾杯して、私たちの入籍を祝ってくれた。

家族の前でマリッジリングをお互いの左手の薬指にはめる。

食事をしながら結婚式の話になり、赤ちゃんが生まれて半年くらい経ったらハワイで結婚式を挙げる予定だと説明した。

「ハワイで挙式なんて、楽しみですね。お義母さん」

「そうだね。一度も訪れたことがないから行ってみたいと思っていたんだよ」

母と祖母はうれしそうに話をして、飛行機が怖い父も「仕方がないな」と言いながら乗り気な様子だった。


その夜、六本木の高級ホテルのスイートルームで夕食を取り、亜嵐さんは誕生日をお祝いしてくれた。

毎年贈ると言ってくれたバラの花束は二十二本。ビロードを思わせる真紅のバラはとても美しい。

「亜嵐さん、ありがとうございます」

「一葉はどんどん綺麗になっていく。これからも俺のそばで、このバラのように美しく輝き続けてほしい」

「ふふっ、それには多大な努力が必要ですね」

「努力などしなくても君は輝いている。あっ、そうだ！」

亜嵐さんはソファに置いていた物を手に戻ってきて、厳重に包まれた四角い箱をテーブルの空いているスペースに置く。

「座って。開けてみて」

促されて着座すると、テーブルに置かれた物の包みを剥がす。木箱が現れて、そっと蓋をはずした。

「あ……」

それはお城の亜嵐さんの部屋で見た、宝石が無数にちりばめられた箱だった。

「亜嵐さん……こんな大切なものを……」

改めて見てみると、蛍光灯の下で宝石の一つひとつがキラキラ輝き、触れるのも恐れ多い気持ちに襲われる。

「一葉にプレゼントすると言っただろう？　これは祖母から引き継がれたものだ。一葉がもらってくれれば祖母も喜ぶだろう」

和歌子さんを思い出して、目に膜が張る。瞬《まばた》きをしたら涙が頬を伝うだろう。

「ありがとうございます。大切なものを入れたいと思います」

鼻をぐすっとさせて、差し出されたハンカチで涙を拭く。

「食べよう。料理が冷めてしまったな。っと、電話だ」

ポケットから振動しているスマホを出して画面に映し出された名前に、亜嵐さんは笑みを漏らす。

「花音だ」

スマホの通話をタップしてスピーカーにする。

「花音、夫婦水入らずで楽しんでいるところを邪魔するのか？」

《もうっ、お祝いを言いたくてかけたのよ》

「わかっている。スピーカーにしている」

《一葉さん、おめでとう！　ようやく私のお義姉さんになったのね》

花音さんの明るい声に、私は微笑み応える。

「ありがとうございます。お義姉さんになった実感はないけれど、よろしくお願いします」

妊娠していることをまだ話していなかったようで、その場で知らせると、花音さんが喜びの声をあげた。

《私に甥っ子か姪っ子ができるのね。楽しみだわ》

フォンターナ・モビーレが日本を拠点にするにあたり、広報も日本支社と合併させて新たに機能させると彼から聞いている。彼女が来日するのが楽しみだ。約束通り、東京を案内したい。

「花音、準備は進んでいるのか？」

《もちろんよ。来月の一日に行くわ。じゃあ、そろそろ電話を切るわね》

花音さんは体に気をつけてと私に言って、通話を終わらせた。

就寝前、ベッドに横になって亜嵐さんの肩口に頬をあてる。

「亜嵐さん……」

「ん？」

彼がほんの少し身じろぎ、見上げた私の目と目を合わせる。

「大好きです」

「俺もだ」

亜嵐さんの手のひらが少し膨らんだ腹部に触れる。

「ふふっ、それだと腕が窮屈でしょう？」

彼に背を向けてバックハグをするみたいにして、手のひらをおなかに置いた。

「服を着ているとわからないが、こうして触れてみると膨らんでいて、たしかに命が育っているのだと実感するよ」

「今度の検診では超音波写真を撮るはずなので、赤ちゃん見てくださいね」

亜嵐さんの体とピッタリくっついているから、ドキドキ鼓動が鳴っている。

「検診はいつ？　俺がいても大丈夫？」

「来週の火曜日です。旦那様と一緒の人を見かけるので問題ないと思うけど、お仕事があるのでは？」

「スケジュール調整してもらう。もう寝て。今日は疲れただろう？」

たしかに眠気に襲われ始めている。

「亜嵐さん。おやすみなさい」

彼の温かい腕に包まれて、眠りに引き込まれていった。

翌日、新居に家具が搬入され、新婚生活が始まった。

亜嵐さんは帰国してからたまっている仕事の処理で、家具が運び込まれて配置された後出かけていった。

玄関で見送って、リビングの窓辺に歩を進める。

両手を上げて伸びをする。

曇っているので富士山は見られないが、新居が整い始め、晴れ晴れとした気分だ。

リビングには、フォンターナ・モビーレ社のブラウンのカウチソファが窓に向けて置かれている。五人が座っても余裕のある座り心地のいいカウチソファだ。

アイランドキッチンは白を基調にしており、ふたり分の食器やカトラリー、調理器具などが棚にしまわれている。

食器などは多めにないと来客時に困るので、おいおい揃えていく予定。あのヴェネチアングラスはいつも眺められるように、リビングの飾り戸棚にしまうつもりだ。

亜嵐さんはすべて抜かりなく、必要な物を用意してくれた。

十二畳の主寝室にも白いリネンがかけられたキングサイズのベッドやドレッサーが整えられ、ホテルのようにラグジュアリーな雰囲気になっている。

主寝室の隣は子ども部屋の予定で、これから赤ちゃんの物が増えると思うとワクワクしてくる。

今夜はなにを作ろうかな。

タワーマンションの近くに高級スーパーがあり不便ではないが、以前は母や祖母のおつかいで商店街やごく普通のスーパーで買っていたので、別のところへ行こうか迷うところだ。

翌週の火曜日、亜嵐さんたっての希望でレディースクリニックへ付き添ってくれた。妊娠六カ月の検診だ。

今まではクリニックの待合室で夫婦が一緒なのを見て寂しい思いだった。でも、今日は違う。

名前を呼ばれて診察室に入ると、先生は亜嵐さんに一瞬目を奪われた様子だ。

「先生、主人です」

「まあ、ご主人……担当医の津久井《つくい》です」

未婚だと伝えていたので、先生は内心驚いているみたいだ。先生の視線が私の左手の薬指に走ったのがわかった。

「一葉がお世話になっています。これからもよろしくお願いします」

「ご結婚おめでとうございます。それでは赤ちゃんとご主人の初対面をしましょうか。奥様、横になってください」

私は診察台の上に横たわり、腹部にひんやりするジェルが塗られてから機械をあてられる。

白黒のモニターに赤ちゃんが映し出され、亜嵐さんは食い入るように身を乗り出した。

「わかりますか？　ここが頭です。そして体」

先生はマウスのカーソルで赤ちゃんを示す。

「ええ。わかります」

亜嵐さんはモニターから視線を上に向ける私へ顔を動かして、うれしそうに笑う。

先生は赤ちゃんの頭部の大きさなどを測り、問題ないと言ってくれた。

食事の注意や出血、下腹部の張りや痛みなどの変化があったらすぐに受診に来るようにと言われて診察は終わった。

待合室で会計を待っていると、ふいに亜嵐さんが私の手を握った。

「今までひとりでがんばってくれていたんだな。ありがとう」

「祖母が心強い味方だったんです」

「おばあ様孝行しなくてはな」

「はいっ！」

亜嵐さんの気持ちはとてもうれしいが、フェラーラにいるおじい様が心配だ。

「あの、おじい様やお城の件は……？」

「そのことで一葉が頭を悩ませる必要はない。あ、会計に呼ばれた。支払ってくる」

亜嵐さんはさっきまでやわらかかった表情から口もとを引きしめて、カウンターに歩を進める。

亜嵐さんとおじい様……確執ができちゃったみたい……。

その週の木曜日。夕食後にカウチソファに座って亜嵐さんと話をしていると、テーブルに置いたスマホがメッセージを着信した。

スマホを手にし送信元の相手を見て、私は「あ！」と声をあげた。

「どうした？」

真美の名前に驚いたのは、入籍報告をしていなかったのに気づいたからだ。

「荒巻真美という幼なじみがいるんですが、亜嵐さんと別れた話を以前したっきりで、再会して入籍したことを言うのを忘れていました」

そう言いながらスマホのアプリを開いて、真美のメッセージを確認する。

【元気？　卒業式終わったよね？　私は昨日だったの。仕事が始まる前に会おうよ】

傷心を抱えて、真美に話をしたのは一月末だった。私の赤ちゃんの話など気になっているに違いない。

「会おうって」

「そうすればいい。まだ外は寒いから長時間はよくないな。家で会えばいいんじゃないか？」

「いいの？」

「あたり前だろう？　ここは一葉の家だ。好きなようにすればいいよ」

「ありがとうございます。さっそく誘ってみます」

夫婦になったのに、亜嵐さんに微笑まれるといまだに胸がバクバクして騒がしい。

暴れる鼓動を気にしないようにして、真美へメッセージを送る。明日会うことになった。少しだけ驚かせたいので、外で待ち合わせをしてからここに来てもらおうと思っている。

【明日飯田橋駅のコーヒーショップの前に十一時でいい？　それともおなかが大きいんだから家に行くけど？】

真美からのその文面に【行きたいところがあるの。近くよ。飯田橋駅のコーヒーショップで待ち合わせしましょう】と返信すると、すぐに彼女からＯＫの返事がきた。

飯田橋駅から永田町駅までは電車で五分ほどだ。

「亜嵐さん、明日の十一時に飯田橋駅で待ち合わせしてから、ここに来てもらいます。あ、お昼はなににしよう」

「一昨日《おととい》作ってくれたラザニアは？　おいしかったが」

「それなら材料はあります」

乾燥パスタやラザニアは、亜嵐さんがミラノから取り寄せたものがたくさんパントリーにストックされている。

「真美に来てもらうなんてドキドキしちゃいます」

「機会があれば俺も彼女に会わせて。一葉の大事な友人だから。さてと、少し仕事をしてくる」

亜嵐さんはカウチソファから立ち上がり、私のおでこにキスを落としてリビングを出ていった。

待ち合わせは十一時。ランチの用意は済んでいる。戻ってきたらオーブンに入れるだけだ。

約束の二十分前に自宅を出て、永田町駅に向かった。近くには国会議事堂や首相官邸などがあり、警察官もよく目にする。

飯田橋駅に到着し、目と鼻の先のコーヒーショップへ向かうと真美はすでに来ていて、私の姿に手を振る。

「一葉！」

グレーのチェスターコートから覗くスカートは赤くて、さすがおしゃれ上手の真美だ。

「お待たせ！　真美、早いね」

「いつも遅刻しているからね。今日は早く出てきたの。で、どこへ行きたいの？」

「うちでいいかな？」

「いいけど。うちって？　行きたいところがあるって言ってたよね？　それならわざわざ出てこなくてもよかったのに」

キョトンと真美は首をかしげる。そこで私は顔の前で両手を合わせた。

「真美、すぐに連絡できなくてごめん。実は亜嵐さんと入籍したの」

「ええっ⁉　本当に？」

突拍子のない声をあげて驚く真美の目が、私の左手の薬指に留まる。

「一葉！　よかったじゃん！」

衝撃が過ぎ去ったのか、真美は人目もはばからず、おなかに衝撃を与えないように私に抱きつく。

「ありがとう。新居に来てほしいの。まだ物が揃っていないけれど。場所は永田町駅よ」

「もちろん、お邪魔するわ」

真美がにっこり笑ってくれて、私はホッと胸をなで下ろした。

「どうぞ、上がって」

スリッパを出して真美を促すが、彼女はエントランスに入った瞬間から驚きっぱなしで、玄関に立ち尽くして口をあんぐり開けている。

「下にコンシェルジュはいるし、最上階だし、なんなの、この広い玄関っ！」

「私も亜嵐さんに連れてきてもらったとき、なにもかもがびっくりだったよ」

スリッパに足を通した真美をリビングに案内する。

「一葉、まるでフォンターナのモデルルームみたいじゃない。一度、六本木の店舗に行ったことがあるの。素敵すぎる……」

コートを脱ぎながら、真美はため息を漏らす。

「幸せそう。うまくいってよかったね」

「ありがとう。信じられないくらい幸せなの。飲み物を入れてくるから座ってて」

そう伝えてキッチンへ行くが、真美は座らずに窓に近づき景色を見ている。

前もってカップなどは作業台の上に用意しており、真美には彼女が好きなミルクティー、自分用にはハーブティーを淹れる。リビングに運んで並んで腰を下ろしてから、卒業式の日からをかいつまんで話し始める。

「はぁ……一葉のおばあちゃんはすごいわ。料亭で引き合わせるなんて、サプライズに感動しちゃった」

「そうなの。おばあちゃんには感謝してる」

「一葉は世界一幸せ者だね。あらためておめでとうを言わせて」

真美は私の両手を握って祝福してくれた。

その後、ラザニアをオーブンで焼いている間に家の中を案内して、食事が終わった後もしばらく話を続けた。

「今度は旦那様に会わせてね」と言って、真美は十七時頃に帰っていった。

四月の初め、花音さんがミラノから来日した。彼女は六本木のレジデンスに住み、会社への通勤が楽だと喜んでいる。

新年度、亜嵐さんの仕事は忙しそうで、私は妊娠七カ月に入ったがレディースクリニックの検診にも都合がつけられなくて残念そうだった。

おなかの赤ちゃんはすくすく育っている。

四月の中旬の土曜日、花音さんの引っ越しがだいたい片づいたと連絡を受け、一緒に出かけることになった。

「これでいいかな」

ドレッサーの前で立ったままローズピンクのリップを塗って、髪の毛をハーフアップにした姿にうなずく。

まだ出かけるには早いが、春物のピンクベージュのコートをリビングに持っていこうと手にしたところで、亜嵐さんが主寝室に姿を見せる。

「やっぱり俺も付き合おうと思うんだが」

「ダ、ダメです」

彼に向かって首を左右に振る。引きつった顔は挙動不審者みたいになっているかも。

「亜嵐さん、今日はお仕事があるって。もうスーツも着ているし」

「山下君にスケジュール調整を――」

「そんなのはビジネスマンとしてよくないです」

亜嵐さんの背中に手を置いて押しながら主寝室を出る。

「お、おい」

すんなりリビングへ足を運んだ彼は振り返る。

「忙しいんですよね？　今日は早く帰ってきてくださいね。お夕食用意して待ってます」

「……わかったよ。行動には充分気をつけるんだ。人とぶつからないようにな。タクシーで移動すること」

「はい。わかりました。気をつけます」

にっこり笑みを浮かべて誓うと、亜嵐さんは仕事に出かけていった。

よかった。本当ならば亜嵐さんも一緒に出かけられたらうれしかったのだが、今日は花音さんに聞きたいことがあってふたりきりになりたかったのだ。

亜嵐さんはおじい様やお城の件を話してくれないから……。

花音さんの希望で十時三十分に原宿駅《はらじゅく》で待ち合わせている。明治神宮や表参道などをぶらりと歩きたいようだ。

原宿駅前でタクシーを降りたところで花音さんから電話をもらい、無事に合流した。

「一葉さんっ！」

さすが外国育ちで、いつものようにハグをする。もちろんおなかに気をつけてくれている。

「花音さん、日本へ来てくれてうれしいです」

「私もよ。おなかの赤ちゃんは順調？　亜嵐からあまり歩かせないでくれってメッセージがきたわ」

タンポポみたいな色の明るい黄色のロングカーディガンに、白いカットソーとスリムなジーンズがスタイルを際立たせて、通り過ぎる男性が振り返って見ている。

そういえば、彼氏がいるとか話をした記憶がない。後で聞いてみよう。

「順調です。亜嵐さんは過保護なんです。問題ないので、花音さんの行きたいところへお供します。歩くのが少し遅いかもしれませんが」

「ゆっくり行きましょう。一葉さんになにかあったら、亜嵐がどうなるかわからないわ」

花音さんはふふっと笑い、私たちは明治神宮へ向かう道を歩き出す。

明治神宮の敷地内は緑に囲まれていて、神聖な気持ちになれる。

土曜日ということもあり訪れている人々が多く、参拝には五分ほど並んだ。その間も私たちの会話は途切れることなく続く。

亜嵐さんからのプレゼントの腕時計で時間を確かめる。

「もうお昼ですね。そろそろ別のところへ移動しましょうか」

「そうね。おなか空いたわ」

明治神宮を離れて表参道方面へ歩を進め、サラダバーのあるシュラスコのレストランへ入った。

「んー、おいしい！」

花音さんは目の前でスタッフが切り分けた牛肉を食べて、満足げに笑顔になる。

「花音さん、聞きたいことがあるんですが」

「なにかしら？」

真剣な顔つきの私に、花音さんはナイフとフォークをお皿の上に置く。

「おじい様とお城のことを聞きたくて。お義兄様の状態なんかも」

「亜嵐はなんて？」

「大丈夫だから、気にしないでと。でも、知りたいんです」

「一葉さんに心配かけないようにと思う亜嵐の気持ちもわかるけれど、話してくれないと余計に不安になるわよね」

花音さんは私の気持ちに賛同してくれる。

「祖父は……そうね、亜嵐が思い通りにならなかったから落ち込んでいるわ。城は現在、亜嵐がなにか行動を起こしているみたいなんだけど、それが、私にも教えてくれないの」

「花音さんにも……」

「豪はまだ療養中でリハビリなんかもしているけれど、すっかり引きこもりよ。ようやく体力がついてきたからそろそろフェラーラへ戻ると思うわ。それからカトリーヌだけど、亜嵐に相手にされなかったから、リッチな男性と付き合い始めたわ」

お義兄様が退院できるのはよかったけれど、これからまだ大変そう。カトリーヌさんは切り替えが早いのね……でも亜嵐さんをあきらめてくれたならよかった。

ひと区切りついて、花音さんはコーヒーを口にする。

「一葉さん、あなたは自分のできることをやったわ。愛している人と別れるなんて、苦しかったでしょう。亜嵐がフォンターナ・モビーレの経営拠点を日本に移すなんて本当にびっくりした。すべて一葉さんへの愛が成せるわざだったのよ。あ、そうだわ」

ワインレッド色の大きめのバッグから雑誌を取り出した花音さんは、それを私に差し出す。

「これは……？」

受け取った私は日本の経済誌にキョトンとなる。

「亜嵐がインタビューされているわ。写真もあるわよ」

彼女は手を伸ばして、亜嵐さんの載っているページを出す。

最初の方のページで、フォンターナ・モビーレのショールームのソファに座ってインタビューされている亜嵐さんが大きく載っていた。

堂々とした佇まいに見惚れる。

「今まで家族のために尽くしていた亜嵐だけど、これからは一葉さんと赤ちゃんを幸せにするために尽くすでしょう」

「亜嵐さん……」

「いずれ祖父も折れるわよ」

そう言われても、やはり心にとげが刺さったような感覚はなくならないが、今は亜嵐さんが動いているらしいので、見守るしかないようだ。

その後、表参道をぶらつき、花音さんと一緒にタクシーで十七時少し前に自宅に戻った。

部屋に入った花音さんも真美と同じような反応だ。

「レジデンスも眺めはいいですよね」

少しずつ空が夕焼け色になっている。

「そうね。でも周りに大きな建物ばかりだもの。ここは空が近く感じるわ。あ、出歩いて疲れたでしょう。私もお料理手伝うわ」

ハーブティーを飲んで今はカウチソファで腰を休めている。

おなかが大きくなってきたせいで、足腰が疲れやすいのは否めない。

「今夜はうどんすきなので、材料を切ればいいだけです。花音さんはゆっくりしていてください」

今晩のメニューはうどんすきの鍋と、コブサラダ、デザートは表参道で買ってきたケーキだ。

どうしても手伝うと言う花音さんと夕食の準備をしていたら、十八時過ぎ、亜嵐さんが帰宅した。

黒いTシャツとジーンズに着替えてきた亜嵐さんが、キッチンに姿を見せる。

「一葉、向こうで休んで。俺がやる」

「え？　大丈夫ですから亜嵐さんは向こうに行っててください」

キッチンの中は広いとはいえ、大人が三人入ればサクサク動けなくなる。

まだ去らずに隣に立つ亜嵐さんを、アボカドを切る手を止めて見やる。

「じゃあ、取り皿をお願いします」

「ＯＫ」

亜嵐さんは棚から取り皿を出して運ぶ。

「もうっ、アツくてあてられちゃうわ」

突として花音さんが大声で笑い、あきれている。

「はぁ～、私も早く恋人を見つけなくちゃ」

聞きたかったけれど踏み込めていなかったので、そこで初めて花音さんに恋人がいないのを知った。

「花音さん、恋人いないんですか？」

「いたら日本に来ないわよ」

「そうですよね……」

「花音は気が強すぎるから男が萎縮するんじゃないか？」

ふいに亜嵐さんの声がして顔を向けると、アイランドキッチンのリビング側に立って口角を上げていた。

「こんな私でも好きだ、愛しているって言ってくれる人は今まで数えきれないくらいいたのよ？」

もちろんモテると思う。今日だって、美人で目立つ花音さんは何人もの男性に見られていた。

「日本でいい出会いがあることを祈るよ。一葉、次は？」

「あ、お箸をお願いします」

「フォンターナ・モビーレの怜悧《れいり》で有能なCEOが妻にデレデレで、いいものを見せてもらったわ。ミラノよりも結婚した今の方が、亜嵐の一葉さんを見る目が違うもの」

「見る目が違うって、そうでしょうか……？」

花音さんにいじられる亜嵐さんへ視線を戻しても、いつもと変わらないと思う。

支度が終わり三人で食卓を囲み、うどんすきやコブサラダを口にしながら、今日出かけた話などを亜嵐さんに聞かせた。

パティスリーで買ってきたフルーツがたっぷりのケーキを食べ終わると、亜嵐さんが呼んだタクシーで花音さんは帰っていった。

「さてと、俺に時間を割いてくれるよな？」

「俺に……時間ですか？」

わからなくて首をかしげる私の手を取り、バスルームへ連れていく。

「亜嵐さん、もしかして……」

「そのもしかしてだ」

「おなかが大きくなっているので、恥ずかしいです」

妊娠中期以降は一緒にお風呂に入っていないので、胸と腹部が大きくなった姿を見られるのは……。

「恥ずかしがることはない。君のおなかの中で赤ちゃんが育っている。その姿は神秘的で、俺は誇らしいよ」

亜嵐さんがそう考えてくれているので、裸体をさらすのは気にしなくてもいいのかもと、服のボタンに手をかけた。

バスタブの中で亜嵐さんに背後から抱きかかえられるように浸かり、彼の手は腹部に置かれている。

「あの、亜嵐さん……赤ちゃんが生まれて飛行機に乗せてもよくなったら、おじい様に会わせたいです。許してくれなくても仕方がないですが、亜嵐さんの子どもを見たら少しでも喜んでくれるのではないかと……」

「以前から一葉が祖父を気にかけてくれていたのはわかっていたよ。今日、花音から聞いたんだろう？」

コクッとうなずいてから、亜嵐さんの方へ向き直る。すると、彼の引きしまった上半身が目に入り、ドキッと胸が高鳴った。

「ハワイは遠いですが、結婚式にも出席してほしいです」

「ありがとう。いい方向に行くように俺も考えているから、一葉は悩まずにいてほしい。胎教に悪い」

亜嵐さんの両手が頬を囲み、額に唇が触れる。それから唇にそっと落とされた。

赤ちゃんに必要な物を買いにいったり、実家に遊びにいったりと、毎日が楽しく穏やかに過ぎる。

赤ちゃんの性別を産まれるまで楽しみにしていたかったが、超音波写真では女の子のようだと先生に言われた。でも隠れていることもあるので、百パーセントは言いきれないようだ。

おなかがさらに大きくなり、テキパキと家事をこなせないのがもどかしい。

亜嵐さんにはのんびりやるように、なんなら家政婦を雇ってもいいからと言われたが、家事をしなかったら彼のなんの役にも立てない気がして断った。

六月下旬。翌週から妊娠三十六週だ。あと一カ月ほどで赤ちゃんと対面できる。残りの妊娠期間、気をつけて過ごさなければ。

三十六週目の月曜日。

亜嵐さんは珍しく会社から早く帰宅した。会社を出るときに連絡をくれるが、十九時を回ったばかりで今日はいつもよりも二時間ほど早い。

「おかえりなさい。先にお風呂に入ってきてくださいね。お料理を仕上げちゃいますから」

「ただいま」

なんとなく亜嵐さんの表情が硬い気がする。

リビングから去っていく彼のうしろ姿を見つめ、ドアの向こうに消えると、気にかかりながらも料理を再開しにキッチンへ戻った。

三十分ほど経ってから、紺色のルームウェアに濡れた髪の亜嵐さんが現れた。

ちょうどテーブルに並べ終えた私はにっこり笑みを浮かべる。

すると、数歩で私の目の前に来た亜嵐さんは腕を伸ばし抱き寄せる。

「あ、亜嵐さん？」

やっぱりいつもの彼と違う。

「……どうかしたんですか？」

「一葉を充電したかったんだ。食べながら話すよ。座ろう」

亜嵐さんは椅子を引いて私を座らせ、対面の自分の席に着く。

話を引き延ばされて、困惑する私の胸はドキドキしている。

「おいしそうだ。いただきます」

彼は冷製のとうもろこしのポタージュをスプーンですくって口に入れる。

今日はさっぱりしたものが食べたかったので、バジルをのせた冷製トマトのカッペリーニ、カリフラワーとツナ缶のマリネを作った。

亜嵐さんは「うまいよ」と言ってもうひと口ポタージュを飲むが、私はなにを話されるのか心配で料理に手をつけられない。

「一葉。明日からフェラーラへ行かなければならなくなったんだ」

「……お城の件で？」

もっと悪いことなのかと思っていたので、少し拍子抜けして肩の力が緩む。

「ああ。そうなんだ。兄や祖父を交えて話をしなくてはならない。資金調達の件も、急ぎで話し合いたいと」

「行ってきてください。私は大丈夫ですから」

赤ちゃんが生まれる前に解決できれば、憂いなく出産にのぞめるのではないだろうか。いつもそのことを思い出し、すっきりしなかったのだ。

「一葉、身重の君が心配だ。実家に帰っているのはどうだろうか」

「実家に？」

「ああ。もしも出産が早まって陣痛が起こったときに、おばあ様やご両親がそばにいてくれたら気持ちが楽だろう？ 出産予定日まで一カ月だ。必ず間に合うように戻ってくる」

「はい。実家に戻って亜嵐さんのお帰りを待っています」

俗に言う里帰りだ。

私はにっこり笑みを浮かべると、スプーンを手にして食べ始めた。

翌日、亜嵐さんのフライトは真夜中の一時五十五分発。仕事を終わらせ、私を実家へ送り届けた後空港に向かう。

突然のイタリア行きで、夕方まで忙殺されそうな様子だ。

彼が仕事をしている間に着替えなど渡航の準備をする。もちろん実家に泊まる私の分も。万が一の出産準備品もひとつのバッグに揃えた。

十八時過ぎ、亜嵐さんが仕事を終わらせて帰宅し、車に荷物を積んで実家へ向かう。

実家では亜嵐さんの好きな天ぷらとかけ蕎麦、そのほかのおかずもいろいろ作ってくれていて、久しぶりに賑やかな夕食になった。

亜嵐さんがお気に入りの祖母は楽しそうだ。

「一葉は任せておくれ」と、きっぷのいい祖母は亜嵐さんを安心させた。

そろそろ空港へ向かう時間だ。私は寂しい気持ちに襲われながら、亜嵐さんを見送るために外に出る。

亜嵐さんの帰国予定は十日後。いない間を考えると、寂しくて昨晩はピタッとくっつけない代わりに手をつないで眠った。

昨日も今日もキスをいっぱいしたけれど、いざ亜嵐さんが行く段階になって寂しくて瞳を潤ませてしまった。

「気をつけて行ってきてくださいね」

亜嵐さんは親指の腹で、瞬きした拍子に頬に伝わる涙を拭いてくれる。

「一葉も気をつけて。着いたら連絡する。花音にも頼んでいるから連絡が入るはずだ」

涙を拭いてくれた指はそっと私の唇をなぞったが、彼の唇はおでこに触れる。それから優しく腹部をなでた。

「ここでいいから。家に入って」

車はすぐ近くのコインパーキングに止めている。

いつまでも離れたくなくて名残惜しいけれど、ずっとこうしてもいられない。

愛しい人から離れると、手を振って玄関に歩を進めた。

亜嵐さんから電話をもらったのは翌日の就寝前の二十三時。ミラノにイタリア時間のお昼過ぎに到着してから会社へ行き、執務室から電話をしてくれた。

「忙しいけど、ちゃんと食べてくださいね」

「ああ。もちろん。赤ちゃんには変わりなかったか？」

「はい。いつもと変わらずです」

私の気持ちが浮き立っているのがわかったのか、内側からポコンと蹴られる。

「赤ちゃんは元気に暴れています」

「一葉と赤ちゃんが恋しいよ。今日は仕事をして、明日フェラーラへ向かう」

「おじい様とお義兄様によろしくお伝えください」

「わかった。そっちは寝る時間だな。おやすみ」

通話が切れて、はぁ……と気の抜けたため息が漏れた。

その週の土曜日、花音さんが様子を見にきてくれた。ついでにお蕎麦も食べたかったらしい。

ランチに来るお客様が少なくなった時間を見計らってお店へ行き、こっちに来てから好きになったという〝とろろ〟がメニューにあるのを見た花音さんは、私の勧めでなめことろろ冷やし蕎麦を選んだ。私も同じものにした。

「おいしいわ。こんなきのこがあるのね。ふたつとも喉越しがいいし、お蕎麦も最高だし、さっぱりといただけるわね」

花音さんの言葉に、近くにいた母がうれしそうに頰を緩ませ声をかける。

「いつでも来てくださいね」

「ありがとうございます。一葉さんの様子を見に、また来させていただきますね」

母が去った後、私はお箸の手を止めて口を開く。

「花音さん、亜嵐さんから連絡はありましたか」

「え？　もしかして連絡がない……？」

ポカンと口を開いた花音さんに、慌てて首を左右に振る。

「連絡は毎日してくれています。でも、お城の話はしないので……」

「かけてこないわけがないか。まだ交渉中だからはっきり言えないのよ。私は亜嵐から電話がないからしたのよ」

「難航しているんでしょうか……」

花音さんにも知らせてこないとしたら、交渉はいい方向に向かっていないのかもしれないと気になる。

「一葉さん、大丈夫よ。亜嵐は交渉術にたけているの。考えすぎると赤ちゃんに影響しちゃうわよ。お蕎麦を食べ終えたらデザート食べにいきましょう」

彼女の器を見るとあと少しになっていて、私は慌ててお箸を持った。


亜嵐さんが日本を発ってから一週間。

妊娠十カ月に入ってから病院の診察が一週間に一度に変わり、今日も祖母が付き添ってくれた。少し赤ちゃんが骨盤の方へ下りてきているようで、胃への圧迫もなんとなくない気がする。

それから三日後、祖母と翔のお昼ご飯を作っていたとき、ポケットで振動を感じた。

いつ亜嵐さんからかかってきても出られるように、スマホは肌身離さず持っている。

きゅうりを千切りする手を止めてポケットから取り出すと、大好きな人の名前が画面に映し出され笑顔になる。通話をタップして勢いよく出た。

「もしもしっ、亜嵐さん！」

《一葉。城の件はうまくいったよ。今夜のフライトで帰国する》

「亜嵐さん、本当に？　じゃあ、明日の夜には会えるんですね？」

突然の朗報に、私の笑みが深まる。

《いつものフライトだ。遅れなければ九時にはそっちに行ける。赤ちゃんはどう？》

「数日前に検診で問題なかったです」

《よかった。じゃあ、これからフェラーラを発つよ。戻ったら話をする》

「はい。気をつけてくださいね」

通話が切れ、スマホをポケットにしまうとおなかの膨らみに手をあてる。

明日、亜嵐さんに会えるよ。


その日の夕方、なんとなくおなかがチクチク痛くなり横になっていたが、だんだん不安になって階段を足もとに気をつけながら下りる。

キッチンでは祖母が夕食の支度をしていた。おなかをさすりながら近づくと、祖母が「痛いのかい？」と尋ねる。

「少し……チクチクするの。赤ちゃん、大丈夫かな」

初めてのことなので、ちょっとしたことでも心配になる。

「前駆陣痛かもしれないね。ここはいいからソファに横になっていなさい」

言う通りに、ソファによいしょっと体を横たえる。

祖母が麦茶を運んできてくれた。

「臨月なんだから、いつ生まれてもおかしくないよ」

本やネットで今まで妊娠出産を読んできたが、祖母の言葉にハッとなる。

そうだ……。これが陣痛だったら、亜嵐さんが誕生に間に合わないかもしれない……。お願いだから、まだ待って！

少ししておなかの痛みがなくなり、ホッと胸をなで下ろしてから、キッチンにいる祖母のもとへ行く。

「おばあちゃん、痛みは治まったわ。あのね、亜嵐さんが明日の夜に帰国するの」

「そうかい！　よかったねぇ。それで城の件は？」

「うまくいったと。戻ってから話してくれるって言っていたわ」

「溜飲《りゅういん》が下がる思いだね。和歌子ちゃんも天国で喜んでくれているよ」

祖母は喜んでくれて、私も顔を緩ませた。

就寝後、再びおなかがぎゅっと張って、その痛みで目を覚ました。

また……？

サイドテーブルの電気をつけて時間を確かめると、二時を回ったところだ。

とにかく痛みの時間を確かめなきゃ。

気を紛らわせるために、スマホの写真アプリに映る亜嵐さんをスライドさせていく。

痛みが遠のき、ホッとしてウトウトしていたところで、再びおなかの張りが強くなった。

いたっ……。

時間を確認すると、前の痛みの二十分後だ。間隔はまだ離れているから大丈夫。

その繰り返しが朝まで続き、間隔はまちまちだった。

はぁ……。痛みでよく眠れなかった。

階下が起き出している音が聞こえ、痛みのないときにゆっくり階段を下りてリビングへ歩を進める。

「あら、おはよう。早いのね」

母がカーテンを開けているところへ現れた私に驚いている。

「前駆陣痛なのか、陣痛なのかわからなくて」

「え？　痛むのね？　間隔は測ってる？」

「うん。二時くらいから二十分だったり、十五分だったり、まちまちなの。うっ、また痛くなった……」

腹部を押さえて前かがみになる私を、母がソファに横にさせる。

「間隔が離れているけれど、陣痛みたいね。様子を見て病院へ行きましょう」

「亜嵐さんが到着するまでもつかな……」

「それは神のみぞ知るだわね。じゃあ、私は一葉の好きな子持ち昆布のおにぎりを握るわね」

痛みに顔をしかめる私のおなかをそっとなでて、キッチンへ足を運んだ。

子どもをふたり産んでいる母にとって、このくらいの陣痛はたいしたことないと思っているのかのんきに見える。

お昼前に陣痛が十分間隔になって、母の付き添いでタクシーに乗りレディースクリニックへ向かった。

花音さんに、病院へ行く旨と亜嵐さんが十九時前に羽田空港に到着することをメッセージで伝えた。

花音さんからはすぐに【私が空港に出迎えて病院へ連れていくから】と連絡がきた。

病院へ到着して入院になり、検尿や血圧測定、分娩監視装置がつけられるが、お昼過ぎになって陣痛が少し遠のいた。

痛みに疲弊していたので、グレープフルーツのゼリーなどを食べるのが精いっぱいで眠りに落ちる。だが一時間も安息は得られず、再び陣痛に。

祖母も病室に現れて励ましてくれる。

七分間隔の陣痛が続き、助産師が内診し、子宮口が一センチくらい開いているとのことだ。

このままでいくと、亜嵐さんの立ち合いが間に合わないかもしれない。

ずっと付き添ってくれている母が腰をさすってくれるが、最初の頃よりもかなり痛くなっている。

「今日会えそうね。一葉、がんばるのよ」

「うん……」

呼吸で痛みを逃しながらの陣痛。時間が経つのが遅く感じていた。

助産師の内診は、陣痛よりもものすごく痛い気がした。だけど、産道を通って赤ちゃんの頭が出てくるのだから、それくらいどうってことはないのだろう。

「病室へ戻っていてくださいね。子宮口は先ほどよりも開いていますから」

「……はい。ありがとうございます」

陣痛の痛みが引いて診察台から起き上がったとき、脚の間から水が流れ出てきた。

「あ！」

「破水です。横になってください。落ち着いて待っていてくださいね。先生を呼んできます」

看護師が診察室を出ていった。

今、時間は……？

確認するともうすぐ十六時になるところだった。

亜嵐さんの羽田空港到着は十八時三十分。すぐに入国手続きなどを済ませて出てこられたとしても、サクサク人が流れて三十分。道路は……？　たしか、空いていたらここまで三十分くらい。

順調に事が運んだとして、亜嵐さんが姿を見せるのは十九時三十分以降だ。

再び陣痛に襲われて、あまりの痛みに声をあげた。

子宮口が全開大になり、分娩台に移動した。陣痛の間隔も三分ほどのようだ。

今の私はそれどころじゃなく、ものすごい痛みと戦う中、時間感覚が失われている。

「もう少しですからね。がんばってください」

看護師に励まされる。

亜嵐さんっ……。

「んーっ！」

ギュッと目をつぶって、いきむ私の耳に「ご主人が来ましたよ！」と聞こえてきた。

看護師が着ているのと同じようなブルーの病院服を身につけたマスク姿の亜嵐さんが、私の横に立った。

「あ……らん……さ、ん」

「すまない。待たせた」

亜嵐さんの手が私の頬をそっとなでる。

「よか……った……」

「がんばれ」

私の手が握られ、おなかの痛みで強く彼の手を掴んだ。

なかなか赤ちゃんの頭部が出てこなくて、助産師の指示に従っていきんだり、痛みを逃したりする。

「一葉、もう少しで赤ちゃんに会える」

亜嵐さんに何度も励まされ、どのくらいの時が経ったのだろう。

助産師に言われ強くいきみ、力が尽き果てそうだと思った次の瞬間、赤ちゃんの泣き声が響いた。

かわいらしい泣き声にホッと安堵し、誰かが亜嵐さんにへその緒を切るように言っているのがぼんやり聞こえてくる。

「おめでとうございます。とても愛らしい女の子ですよ」

小さな体が私の胸の辺りにのせられた。

かわいい……はじめまして。

「一葉、よくがんばってくれた」

赤ちゃんから視線を上に移動させると、優しく微笑みを浮かべる亜嵐さんがいた。

それから二時間ほど私は眠り、目覚めてから夕食が出された。母親になった興奮で、おなかが空いているのか食べたいのかわからないが、お箸を持った。

体のあちこちが痛い。

母たちは帰宅し、室内にはベッド横のパイプ椅子に座る亜嵐さんだけだ。

「おつかれ。俺たちの子どもを産んでくれてありがとう」

椅子から立ち上がった彼は私を抱きしめて、額にキスを落とす。

赤ちゃんの体重は二千八百グラム。出産直後、問題はなく健康だと助産師から教えられた。今は保育室でスヤスヤ眠っているとのことで、明日から私の体調を見て一緒にいる時間を増やし、新米ママの練習が始まる。

「亜嵐さんが間に合わないかと思った……誕生に立ち会ってもらえてよかったです」

「ああ。花音からメッセージをもらって、間に合うのか焦ったよ」

そう言いながら亜嵐さんはベッドの端に腰を下ろした。

「亜嵐さん、夕食は？」

「一葉が眠っているうちに済ませてきたよ。花音は明日会いにくると言っていた」

「花音さんがいてくれて助かりました。……亜嵐さん、さっそくですがお城の件を教えてください」

「そうだな。心配をかけたな」

亜嵐さんは私に食べるように言ってから、話し始めた。

お城の改装をした際にマリーノ家が多額の出資をしたお金は、無事返したとのことだ。そのお金はお城の支援企業と、フォンターナ・モビーレが共同で出した。フォンターナ城を残すために、財団が設立されたという。渋る支援企業に亜嵐さんは少し手を焼かされたらしい。

これからはマリーノ家に負い目を感じずに、おじい様は引き続きお城で生活できる。

「祖父は、今までのことは申し訳なかった、俺から謝ってほしいと頼まれたよ」

「私たちの結婚を許してくれたんですね？」

心が今の言葉で満たされていく。

「ああ。一葉を愛していると伝えてほしいとも言っていた」

「おじい様……」

目頭が熱くなって、涙がこぼれる。

「一葉、つらい思いをさせてすまなかった」

鼻もグスッとさせる私に、亜嵐さんがそばにあったティッシュで拭いてくれる。

「……頼もしい夫がいて私は幸せです」

「俺も、優しくてこんなにかわいい妻がそばにいてくれて幸せだ」

亜嵐さんは私を抱きしめて、唇を甘く塞いだ。

エピローグ

白い砂浜に赤い絨毯が道を作り、青い海を背に白やブルーの花のアーチ。その前には牧師が立っている。

そして祭壇の手前で、白いフロックコートを身につけたかっこいい亜嵐さんが私を待っている。私はふんだんに真珠とレースがあしらわれている、オフショルダーのAラインドレス姿だ。

出産してから一年二カ月が経ち、私たちは今日約束通りハワイで結婚式を挙げる。

絨毯の左右には白いラグジュアリーなソファが置かれ、両家親族が座り、親友の真美もいる。

おじい様とお義兄様はイタリアから、お義母様はパリからとワールドワイドだ。

私は父と入場し、亜嵐さんのもとへゆっくり歩いていく。

想像した通りのウエディングシーン。

亜嵐さんが美麗な顔に微笑みを浮かべ父に頭を下げて、私に手を差し出した。

彼の手に手を置き隣に立ってから、にっこり笑みを向ける。

そして母が抱いていた私たちの子ども、明日香《あすか》を亜嵐さんに渡した。

三人での挙式だ。

明日香と名付けた私たちの子どもは、ふわふわしたベビーピンクのドレスを着ている。愛らしく天使のようだと大人たちをメロメロにさせているが、実のところ男の子のようにやんちゃな子だ。

この場に和歌子さんがいてくれたら……と思うが、私たちを見守ってくれているに違いない。

ハワイの心地よい風と、波の音。

厳かな結婚式が行われ、私たちはたくさんの幸せに包まれた。

砂浜で写真を撮ったり、みんなが子どものようにはしゃいでいる。祖母もハワイが気に入ったと喜んでいた。

花音さんと真美、翔が砂浜で転びそうになりながら、よちよち歩く明日香と遊んでいる。

お義兄様もリハビリのおかげで、松葉づえを使い歩けるまでに回復していた。

少し離れた場所で、私と亜嵐さんは楽しそうな家族たちを眺めている。

「亜嵐さん、みんなが幸せそう。お義兄様もよかったです」

「ああ。兄が歩くのを見て驚いたよ」

「お義兄様の努力の賜物ですね」

明日香をかばうように一緒に転んだ花音さんが、私たちの方に大きく手を振る。

「そろそろふたり目もいいかもしれないですね」

「欲しいのか？」

「はいっ。明日香を育てていると、もっと子どもが欲しくなります」

「そういうことなら、俺はいつでも協力する」

亜嵐さんは口もとをニヤリとさせ、次の瞬間私は抱き上げられた。

「きゃっ！」

「今日の一葉は美しすぎて、乱したくなった」

亜嵐さんの顔が降りて、唇が食むように重ねられ、私は彼の首に腕を回した。

END

あとがき

このたびは『婚約破棄するはずが、極上ＣＥＯの赤ちゃんを身ごもりました』をお手に取ってくださりありがとうございました。

あと二週間ほどで、クリスマスですね。

ヒロインとヒーローがミラノやヴェネツィアで過ごすシーンをクリスマス時期で書きたくて、この作品が生まれました。

毎回のごとく、海外を執筆中はその場所に行きたくなります。

外国が好きで、作品の中に必ず入れたいと考えていますが、この二年間フライトを調べるのに少し時間がかかります。コロナ禍でフライトが少ないせいです。

現在、あとがきを書いているのは十月の後半で、日々の感染者が少なくなってきています。人々の生活の制限が緩和されて気分が晴れる思いです。

先日、私は久しぶりにヒロインの住む街、神楽坂で友人と食事をしてきました。

あいにくの雨でしたが、一葉が亜嵐を案内した小道なども雰囲気が良く、写真に収めてまいりました。

第六波が来ないように祈るばかりです。このまま自由でいたいものですね。

もうすぐ今年も終わり。この一年、応援してくださる皆さまのおかげで執筆活動が順調でした。来年もどうぞよろしくお願いいたします。


最後に、この作品にご尽力いただいたスターツ出版の皆様、担当の内田様、作品編集をご協力いただきました八角様、ありがとうございました。

琴ふづき先生、お久しぶりです。イメージ通りの素敵なふたりを描いてくださりありがとうございました。

デザインを担当してくださいました大底様、そして、この本に携わってくださいましたすべての皆様にお礼申し上げます。

これからも小説サイト『Berry's Cafe』、そしてベリーズ文庫の発展を祈りつつ、応援してくださる皆さまに感謝を込めて。

二〇二一年十二月吉日

若菜《わかな》モモ

若菜モモ先生への
ファンレターのあて先

〒104-0031
東京都中央区京橋1-3-1
八重洲口大栄ビル7F
スターツ出版株式会社　書籍編集部　気付

若菜モモ先生

本書へのご意見をお聞かせください

お買い上げいただき、ありがとうございます。
今後の編集の参考にさせていただきますので、
アンケートにお答えいただければ幸いです。

下記URLまたはQRコードから
アンケートページへお入りください。
https://www.berrys-cafe.jp/static/etc/bb

ベリーズ文庫

婚約破棄するはずが、極上CEOの赤ちゃんを身ごもりました

2021年12月10日　初版第1刷発行

著　者　若菜モモ
©Momo Wakana 2021

発行人　菊地修一

デザイン　hive & co.,ltd.

校　正　株式会社鷗来堂

編集協力　八角さやか

編　集　内田早紀

発行所　スターツ出版株式会社
〒104-0031
東京都中央区京橋1-3-1　八重洲口大栄ビル7F
TEL　出版マーケティンググループ　03-6202-0386
(ご注文等に関するお問い合わせ)
URL　https://starts-pub.jp/

印刷所　大日本印刷株式会社

Printed in Japan

ISBN 978-4-8137-1188-9　C0193

ベリーズ文庫 2021年12月発売

『エリート警視正は偽り妻へ愛玩の手を緩めない【極上悪魔なスパダリシリーズ】』 水守恵蓮《みずもりえれん》・著

地方出身でウブな歩は、上京初日にある事件に巻き込まれる。ピンチを救ってくれた美形なエリート警視正の瀬名に匿われ、突如同居がスタート！　さらに瀬名は夫婦を装うことを提案し、歩は彼と偽装結婚することに。仮初めの関係のはずが、「大事に抱いてやるよ」――彼はSっ気全開で歩に迫ってきて…!?

ISBN 978-4-8137-1184-1／定価737円（本体670円＋税10%）

『怜悧な弁護士は契約妻を一途な愛で奪い取る～甘濡一夜から始まる年の差婚～』 鈴《すず》ゆりこ・著

弁護士事務所で事務員として働く優月は、母にお見合いを強要される。ある夜、慣れない酒を飲んだ優月は、意図せずエリート弁護士の隠岐と身体を重ねてしまい!?　隠岐はお見合いを回避するため、自身との契約結婚を提案。愛のない結婚が始まるも、「本物の夫婦になろう」――彼は予想外に優月を溺愛して…!?

ISBN 978-4-8137-1186-5／定価715円（本体650円＋税10%）

『離婚するので、どうぞお構いなく～冷徹御曹司が激甘パパになるまで～』 春田《はるた》モカ・著

生け花「葉山流」の一人娘である花音は、財閥御曹司の黎人と政略結婚する。新婚だが体を重ねたのは一度きりの仮面夫婦状態で、花音はあることを理由に離婚を決意するも、黎人の独占欲に火をつけてしまい…!?「お前が欲しくなった」――彼が長期出張中に産んだ娘ごと激愛を注がれて…。

ISBN 978-4-8137-1185-8／定価715円（本体650円＋税10%）

『政略夫婦が迎えた初夜は、あまりに淫らで もどかしい』 pinori《ぴのり》・著

ハウスメーカーの社長令嬢・春乃は失恋でヤケになり、親に勧められるがまま世界的企業の御曹司・蓮見と政略結婚をする。今更断れない春乃は渋々同棲を始めるも、蓮見の冷徹っぷりに彼のほうから婚約破棄させようと決意。理想の妻とは真逆の悪妻を演じようとするも、蓮見の溺愛煩悩を煽ってしまい…!?

ISBN 978-4-8137-1187-2／定価726円（本体660円＋税10%）

『婚約破棄するはずが、極上CEOの赤ちゃんを身ごもりました』 若菜《わかな》モモ・著

恋愛経験0の一葉は、祖母のつながりで亜嵐を結婚相手として紹介される。あまりにも眉目秀麗でスマートな彼に、一ドキドキが止まらない一葉。しかし、イタリアの高級家具ブランドのCEOとなった彼との身分差に悩んでしまう。意を決して婚約破棄を申し出るも、亜嵐は一葉を離さなくて…!?　さらには一葉の妊娠が発覚。亜嵐の溺愛は加速するばかりで…。

ISBN 978-4-8137-1188-9／定価726円（本体660円＋税10%）